KB120320

그들이
사라진 뒤에

그들이 사라진 뒤에

조수경 장편소설

한겨레출판

그들이 사라진 뒤에

ⓒ 조수경 2021

초판 1쇄 인쇄 2021년 12월 7일
초판 1쇄 발행 2021년 12월 13일

지은이 조수경
펴낸이 이상훈
편집인 김수영
본부장 정진항
문학팀 김준섭 김다인 하상민
마케팅 김한성 조재성 박신영 조은별 김효진
경영지원 정혜진 이송이

펴낸곳 (주)한겨레엔 www.hanibook.co.kr
등록 2006년 1월 4일 제313-2006-00003호
주소 서울시 마포구 창전로 70(신수동) 화수목빌딩 5층
전화 02-6383-1602~3 **팩스** 02-6383-1610
대표메일 munhak@hanien.co.kr

ISBN 979-11-6040-684-9 03810

차례

사건

문은 잠겨 있었다.

동시에 문은 열려 있었다.

언뜻 보면 문은 굳게 닫힌 것처럼 보였지만, 잠금장치 두께만큼 틈이 벌어져 있었다. 어떤 이유에서인지 열린 상태에서 도어 록이 먼저 작동했고 그 후에 닫혔다는 의미였다.

"계십니까."

김 경사가 문을 두드렸다. 예상했듯이 대답은 없었다.

"조용하다니까요. 내가 벨도 누르고 문도 두드리고 다 해봤어요."

옆집 여자가 고개를 절레절레 흔들었다. 김 경사는 숨을 참았다. 문틈으로 새어 나온 악취가 다세대주택의 비좁은 통로에 가득했다. 최소 두 명이겠구나. 김 경사는 생각했다. 사체가 부패할 때의 냄새는 다른 것과 선명하게 구별됐다. 세상에는 온갖 종류의 악취가 불분명한 형태로 존재하는데, 죽음이 풍기는 냄새는 뚜렷하고 유일했다. 그것은 눈에 보이지 않는 기체였으나 점도가 높은 액체처럼 걸음을 옮길 때마다 머리카락과 몸에 진득하게 들러붙었다. 냄새만 맡고도 죽은 지 얼마쯤 됐겠다 짐작할 만큼 변사 사건 현장 경험이 많은 김 경사였지만 시취 앞에서 후각은 조금도 무뎌지지 않았다.

"처음엔 문이 열린 줄도 몰랐다니까요. 어디서 이상한 냄새가 난다 싶었는데, 이 집 같더라고. 어제 가만 보니까 문이 열려 있는 거예요. 오늘도 그대로고. 이거 뭔 일이 났구나 싶어서 신고했지요."

옆집 여자가 소매로 코를 틀어막은 채 김 경사 뒤로 바짝 다가서자 함께 출동한 박 순경이 부드럽게 제지했다. 공기가 제법 쌀쌀한 11월이라 신고가 늦어졌을 것이다. 사체가 빠르게 부패하는 여름철이었다면 냄새를 견디지 못한 이웃들이 더 빨리 의심을 품었을 것이다. 손잡이를 당기기 전, 김 경사는 잠시 눈을 감았다. 문을 열고 집 안에 들어가 사체와 처음 마주하는 순간도 여전히 긴장되는 일이었다.

머릿속에 지금까지 본 사건 현장들이 무작위로 떠올랐다. 목을 맸을까. 늘 그렇듯 화장실부터 확인해야겠지.

화장실은 확인할 필요조차 없었다. 현관에 들어서자마자 주방 쪽에 쓰러진 성인 남자와 여자가 눈에 들어왔다. 이미 이끼색으로 푸르게 변해버린 사체 아래에 추깃물이 그림자처럼 고여 있었다. 주변에는 술병과 잔이 놓였고, 사체 입가엔 구토한 흔적이 보였다. 독극물을 이용한 동반 자살인가. 현관문 상태로 볼 때 제삼자가 개입했을 가능성도 무시할 수는 없었다.

"선배님."

박 순경이 말을 잇는 대신 천천히 손을 들어 냉장고를 가리켰다. 길게 뻗은 검지 끝이 불안하게 흔들렸다. 시판된 지 꽤 오래됐을 법한 낡은 양문형 냉장고는 냉동실만 활짝 열려 있었다. 안쪽은 비닐에 싸인 고깃덩이로 가득했다. 꽁꽁 언 고기가 녹을 때 흘러내렸을 액체가 바닥에 기이한 얼룩을 남겼고, 한쪽에는 까만색 전원 코드가 뽑힌 채 아무렇게나 놓여 있었다. 아마도 남자와 여자가 극단적 선택을 하기 전에 코드를 뽑은 모양이었다. 왜지. 바닥에서 다시 냉동실 쪽으로 시선을 옮겼을 때 김 경사는 뭔가 이상하다는 것을 깨달았다. 냉동실을 꽉 채우고 있는 여러 개의 비닐봉지

중 하나에 고깃덩이라고 하기엔 이질적인 무언가가 담겨 있었다. 김 경사는 눈을 가늘게 뜨고 냉장고 쪽으로 한 발 다가갔다. 멜론처럼 작고 동그란 그것은…….

"저게 지금, 그러니까, 아이 머리인 거죠?"

언제 들어왔는지 옆집 여자가 얼이 빠진 표정으로 냉동실을 바라보고 있었다.

"여기 계시면 안 됩니다."

박 순경이 가까스로 정신을 수습하며 여자를 막아섰다.

"잠깐 내 말 좀 들어봐요."

"나가주세요!"

박 순경이 밀어내려 하자 여자가 거칠게 손을 뿌리치며 목소리를 높였다.

"애가 둘이에요!"

박 순경이 김 경사를 돌아봤다. 김 경사는 아무 말도 하지 못하고 그저 여자를 바라봤다.

"이 집에 애가 둘이라고요."

여자는 화가 난 것처럼, 아니, 금방이라도 울음을 터뜨릴 것처럼 숨을 헐떡였다.

"한 명은 저기 있고, 다른 한 명은 어디에 있는 거죠?"

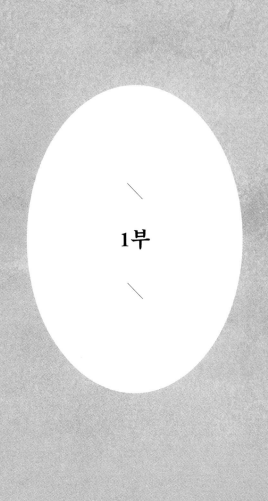

1부

소녀

철문은 굳게 닫혀 있었다.

사방이 시멘트 벽으로 둘러싸인 이곳에서 철문은 바깥으로 통하는 유일한 출입구였다. 창문이라고는 하나도 보이지 않는 방에서 소녀는 시간의 흐름을 알 수 없었다. 이곳에 들어오고 며칠쯤 지났을지, 지금이 낮인지 밤인지, 아무것도 짐작할 수 없었다. 소녀가 알 수 있는 유일하고도 확실한 것은 출산이 임박했다는 사실뿐이었다.

임신한 걸 알게 됐을 때, 소녀가 할 수 있는 선택은 많지 않았다. 부모라는 사람들은 어차피 도움을 요청할 만한 대상이 아니었다. 소녀가 처음 가출했다 보름 만에 집에 들어왔을 때에도 소녀의 아빠는 컴퓨터 모니터에서 눈을 떼지 않았고, 화장대 앞에 앉아 외출 준비를 하던 엄마는 소녀를 흘끔 쳐다보고 흥, 코웃음을 쳤을 뿐이었다. 딱히 집에 머물 이유가 없었던 소녀는 대개 밖에서 지냈고, 잘 곳이 없는 날에만 집을 찾았다. 학교는 그만둔 지 오래였다.

배 속 아이의 아빠가 누구인지는 소녀도 정확히 알 수 없었다. 함께 어울리던 또래 남자아이일 수도 있었고, 용돈을 벌기 위해 만난 성인 남자일 수도 있었다. 누구의 아이이건 어차피 세상에 태어날 기회조차 갖지 못할 생명이었다. 인터넷에서 태아를 깨끗하게 없애줄 병원을 알아보다 소녀는 낯선 남자에게 쪽지를 받았다.

— 아기를 갖지 못하는 부부와 연결해드립니다. 사례는 충분히 하겠습니다.

소녀는 생각했다. 배 속에 들어 있는 생명을 병원에서 긁어내든, 낳아서 누군가에게 넘기든 혹이 감쪽같이 사라지는 건 마찬가지였다. 다만 전자는 돈이 들어가는 일이었고, 후자는 돈이 들어오는 일이었다. 고민할 필요가 없었다. 그저 열 달이라는 시간을 기다리면 되는 일이었다.

소녀는 남자와 만나 서로에게 좋은 방향으로 얘기를 마무리 지었고, 출산을 앞두고 다시 연락하기로 약속했다. 남자가 지낼 곳이 없는 소녀들에게는 출산 때까지 숙식을 제공한다고도 말했는데, 그럴 경우 머문 기간만큼 사례비에서 제한다고 덧붙였기 때문에 소녀는 최대한 버티다 아기를 낳으러 갈 생각이었다. 세상을 좀 아는 어른들이라면 사례비를 두고 금액이 너무 적다며 따지고 들었겠지만, 열다섯 살 소녀에게는 삶을 다시 시작할 수 있을 것 같은 기분이 들 만큼 큰돈이었다.

돈이 생기면 뭘 할지 즐거운 상상을 펼치던 소녀는 막상 계약금을 받자 고민에 빠졌다. 열 달이라는 시간은 생각보다 길었다. 아무리 자식에게 무관심한 부모라 해도 재수 없으면 임신한 사실을 들킬 수도 있었다. 출산할 때 느낄 물리적인 고통도 두려운 일 중 하나였다. 한편으로는 아무런 애정이 없는 생명일지라도 좋은 부모를 만나 살아갈 기회를 준다는 것이 꽤 괜찮은 일처럼 느껴졌다. 그러는 동안 배는 점점 불러왔고, 젖꼭지에서 말간 액체가 흐르기 시작했다. 무엇보다 계약금을 벌써 다 써버렸기에 사실 고민은 무용한 일이었다.

만삭이 된 소녀는 약속 장소에서 남자를 만나 차에 올라탔다. 차에 탄 순간부터 출산할 방에 도착할 때까지 남자는 수면 안대로 소녀의 눈을 가려두었다. 휴대전화도 떠날 때 돌려주겠다고 했다. 남자는 아기가 불임 부부의 온전한 자식이 되기 위해선 아무런 기록이 남지 않아야 하며, 생모가 아무것도 모르는 편이 아기에게 더 좋은 일이라고 말했다. 아기만 빼앗고 돈을 주지 않으면 어쩌지. 의심스럽고 겁이 났던 것도 사실이지만, 소녀에게는 남자를 믿는 것 외에 달리 방법이 없었다.

날카로운 통증이 아랫배를 관통했다. 처음 겪는 낯선 느낌이었지만 오늘이 바로 '그날'이라는 것을 소녀는 본능적으로 깨달았다. 다리 사이로 쏟아진 뜨거운 물에 지레 겁을 먹고 비명을 질렀다. 남자는 가끔 철문을 열고 들어와 소녀의 자궁이 얼마만큼 열렸는지 느긋하게 확인하고 나갔다.

간이침대에 앉아 있던 소녀가 앉은 자세를 바꿨다. 벽을 짚고 일어섰다가 다시 앉기를 반복했다. 차가운 시멘트 바닥을 맴돌며 고통을 잊어보려 했다. 통증이 잦아들면 잠이 쏟아졌고, 다시 시작된 통증 때문에 잠에서 깨어났다. 짧은 간격으로 찾아온 진통을 견디지 못한 소녀가 손톱으로 철문을 긁어댈 즈음 남자가 들어왔다.

자궁문이 점점 벌어졌다. 다리를 벌리고 누운 소녀가 남자의 명령에 따라 힘을 줬다. 피로 물든 허벅지 사이에서 검은 머리털이 보이기 시작했다. 이제 이 모든 것이 거의 끝나가고 있음을 알고 있기에 소녀는 남은 힘을 쏟아냈다. 여린 살을 찢으며 머리가 튀어나오자 남자가 아기의 목을 조심스레 감싸며 능숙하게 세상 밖으로 끄집어냈다. 소녀가 마지막 비명을 질렀다.

"여자아이구나."

남자가 말했다. 소녀는 꼼짝도 하지 않았다.

"안 봐도 되겠니?"

남자가 물었다. 처음부터 아기를 보지 않을 거라고 다짐해왔지만, 어쩐지 소녀는 궁금해졌다. 슬며시 돌아보니 작은 핏덩이가 손과 발을 어찌해야 할지 몰라 바둥거리고 있었다. 눈을 제대로 뜨지도 못한 채, 아기는 울지도 않고 소녀를 바라봤다. 마치 저를 낳아준 어미를 기억하겠다는 듯이. 소녀는 세상을 붙잡으려는 것처럼 꽉 말아쥔 밤톨만 한 주먹으로 시선을 피했다가 이내 고개를 돌렸다.

"걱정 마라. 아기는 좋은 부모 밑에서 사랑받으며 자라게 될 거란다."

소녀는 몸을 웅크린 채 고개를 끄덕였다. 왜인지 자꾸 눈물이 났다.

아기

부드러운 것이라고는 찾아볼 수 없는 서늘한 방에서 아기는 울음을 터뜨렸다.

　포근하고도 안전하게 몸을 감싸주는 곳에 머물던 아기에게 자궁 밖은 허공과도 같았다. 남자가 능숙한 손놀림으로 탯줄을 자르고 이불로 아기를 감싼 뒤 플라스틱 바구니 안에 넣었다. 아기는 자신이 버림받았다는 사실을 몰랐지만, 마치 다 아는 것처럼 울음을 멈추지 않았다. 조금 전까지 제 몸에서 나는 것과 똑같은 냄새가 가까이에 있었는데, 이제 그 냄새를 가진 사람은 곁에 없었다.

　"착하지. 금방 돌아오마."

　남자는 아기를 방에 혼자 둔 채 철문을 닫고 자물쇠를 채웠다. 갓 태어난 아기가 제 발로 걸어와 문을 열 리 만무했지만, 남자는 모든 일을 확실하고 꼼꼼하게 처리하는 성격이었다. 이 비밀스러운 사업을 꾸준히 이어올 수 있었던 것도 모두 다 완벽주의 덕분이었다. 남자는 문 앞에 서 있는 소녀의 손을 잡았다. 손은 이곳에 데려온 날보다 두툼했다. 소녀의 작은 몸은 출산의 고통으로 퉁퉁 부어 있었다.

"괜찮겠니."

남자가 묻자 소녀가 말없이 고개만 끄덕였다. 수면 안대로 눈을 가리고 있어 표정을 짐작할 수 없었다.

"그럼 가자. 네가 사는 도시까지 데려다주마."

남자가 소녀를 데리고 떠나자 아기는 정말 혼자가 됐다. 아기는 조금 전까지 머물던 둥글고 따뜻한 공간이 그리워 울다가 울다가 지쳐 잠이 들었다.

*

아기는 매일 자라났다.

때가 되면 남자는 젖병을 들고 와 아기에게 분유를 먹였다. 배를 채우는 동안 아기는 작은 손으로 남자의 손가락을 움켜잡았다. 그것이 아기가 세상 밖에서 느낀 유일한 체온이었다.

창도 없고 사방이 시멘트 벽으로 둘러싸인 방에서 아기
는 첫 옹알이를 시작했다. 대답해주는 이는 아무도 없었다.
아기는 천장에 핀 곰팡이를 바라보며 혼자 옹알거리다 잠
이 들었다.

철문이 열렸다. 아기가 소리 나는 쪽으로 고개를 돌렸
다. 익숙한 체취에 기분이 좋아졌는지 팔다리를 쭉 뻗었다
접으며 소리 내 웃었다. 남자는 플라스틱 바구니 옆에 앉아
아기에게 젖병을 물렸다. 아기는 작은 입술로 힘차게 분유
를 빨아내며 까만 눈동자로는 남자의 눈을 바라봤다. 그 눈
빛이 제법 또렷해 남자는 웃음이 나왔다. 소녀를 이곳에 데
려오던 날이 떠올랐다. 눈을 가린 채 뒷좌석에 얌전히 앉아
있던 소녀가 겁먹지 않은 척 애쓰며 말했다. 아저씨, 혹시라
도 나한테 허튼짓할 생각 말아요. 여기가 어딘진 몰라도 아
저씨 얼굴은 봤으니까. 만일 내가 집에 무사히 돌아가지 못
하면 아저씨 인생도 꽤 피곤해질걸요. 남자가 고르는 소녀

들은 오랫동안 가출해도 찾는 사람 하나 없는 아이들이었다. 나날이 배가 불러도 그걸 눈여겨볼 어른 하나 없는 아이들이었다. 필요할 경우 출산할 때까지 숙식을 제공하기도 한다는 말에 소녀가 반색하는 것을 남자는 놓치지 않았다. 사정을 빤히 들여다보고 있는 어른을 협박하다니. 그 당돌함이 귀여워 남자는 소리 없이 웃었다.

"널 낳아준 엄마를 닮은 모양이구나."

남자의 말에 아기가 눈을 동그랗게 뜨다 이내 생긋 웃었다.

젖병은 금세 비었다. 남자가 플라스틱 바구니를 조심스럽게 들어 올렸다. 제법 무거웠다. 아기는 하루가 다르게 자라고 있었다. 곧 이유식을 시작해도 될 것이다.

"아쉽지만, 이제 이 방을 떠날 때가 됐단다."

바구니를 품에 안고 남자는 밖으로 나왔다. 한 손으로 바구니를 받쳐 들고 조심스럽게 철문을 닫은 다음 좁은 복도를 지나 지하실로 향했다. 항상 전등을 켜두는데도 계단 아래쪽은 웅덩이처럼 어둠이 짙게 고여 있는 느낌이었다. 남자는 천천히 계단을 내려갔다. 텅, 텅, 울리는 발소리에 놀란 아기가 몸을 떨었다.

마지막 계단을 내려섰을 때, 자물쇠가 달린 여섯 개의

철문이 보였다. 각각의 문에는 1부터 6까지 숫자가 적혀 있었다. 남자는 1번 방을 지나 2번 방 앞에서 걸음을 멈췄다. 바구니를 내려놓고 주머니에서 열쇠 꾸러미를 꺼내 숫자 '2'가 적힌 열쇠를 골라 자물쇠에 끼워 넣었다.

철컥.

서늘한 쇳소리와 함께 문이 열렸다.

방 안에는 아기들이 있었다.

아기들은 잠을 자거나, 울거나, 제멋대로 기어 다니거나, 멍하니 천장을 바라보고 있었다. 남자는 바구니를 안에 넣고 문을 닫은 뒤 자물쇠를 단단하게 잠갔다. 제때 먹을 것을 주고 적당히 씻겨주면 아기들은 무리 없이 자라났다. 갓 태어난 아기만 남자의 침실 뒤에 있는 방에 두고 얼마간 신경 써서 돌보면 그만이었다. 남자는 걸음을 옮겨 3번 방 앞에 섰다. 철창에 이마를 바짝 붙이자 2번 방의 아이들보다 좀 더 큰 아이들이 보였다. 아이들은 표정 없는 얼굴로 누워 있었다. 다음 방으로 갈수록 더 큰 아이들이 더 멍한 눈빛으로 누워 있을 것이다.

이 세상에는 다양한 사람들이 존재했다. 달에 맞게 가짜 배를 키워가며 성실히 임신부 연기를 하다 아기를 데려가는 사람들이 있었다. 원하는 성별과 혈액형에 맞는 아기를 찾아 넘긴 대가, 한편으로는 비밀을 지키는 대가로 남자에게 거금을 안겨주는 사람들이었다. 입양되지 못한 아이들도 많았으나 그렇다고 아이를 키운 노력이 물거품이 되는 건 아니었다. 싱싱하고 건강한 장기를 필요로 하는 사람들도 얼마든지 있었다. 한 아이의 몸속에는 여러 개의 장기가 들어 있으니 남자로선 아이 하나를 키우는 노고에 비해 수확이 꽤 괜찮은 편이었다. 그뿐만이 아니었다. 사랑스러운 소년이나 소녀에게 욕망을 느끼는 사람들도 많았다. 그러므로 아이들은 저마다 쓰임이 있었다. 그런 의미에서 남자에게 아이들은 모두 귀하고 예쁜 존재였다.

남자는 입양 가는 아이들이 사랑받으며 자라기를 축복해주었고, 입양되지 못한 아이들은 지하로 옮겨 자신의 방식대로 '사육'했다. 생존을 위해 필요한 가장 기본적인 것들만 제공했으므로 아이들은 몸집만 커질 뿐 정상적으로 발달하지 못했다. 그 점에 대해 남자는 미안하게 여기지 않았다. 말을 하지 못하고 사람답게 사고할 수 없는 것이 남은 아이들에게 오히려 더 나은 일이라고 생각했다.

제일 끝 방까지 돌아보고 남자는 계단을 올랐다. 저녁에 축구 경기가 있다는 걸 떠올렸고 중계까지 몇 시간이 남았는지 확인했다. 텅, 텅, 계단을 밟는 소리 아래로 이따금 짐승들의 울음소리 같은 것이 들려왔다. 기록에 남지 않은 아이들. 어떻게 하든 아무도 상관하지 않고, 아무 문제도 생기지 않는 선물 같은 아이들이었다.

*

2번 방에서 아기는 매일 자라났다.

그러는 동안 누군가의 몸에 꼭 맞는 장기를 지니고 있던 아이 몇몇이 1번 방으로 옮겨졌다. 몇몇은 병에 걸렸다. 남자는 과일 상자에서 상한 것만 골라내듯 아픈 아이들을 끌어내 1번 방으로 데려갔다.

그 속에서 아기는 운 좋게 살아남았다. 아기 손목에 채워진 팔찌에는 남자가 찾는 정보가 적혀 있지 않았기 때문이었다. 때가 되자 남자는 아기를 3번 방으로 보냈다. 그곳에서도 살아남아 아기는 아이가 됐다.

*

4번 문이 열렸다. 밥 냄새를 맡은 아이들이 천천히 눈알을 굴리며 몸을 일으켰다. 남자가 죽을 덜어주자 아이들이 그릇에 얼굴을 묻고 허겁지겁 음식물을 삼켰다. 아이들이 배를 채우는 동안 남자는 수도를 틀어 방 안의 오물을 청소하고 소독약을 뿌렸다.

보통 이 나이대 아이들이라면 한창 이리저리 뛰어다니겠지만, 이곳의 아이들은 달랐다. 처음 두 발로 딛고 섰을 때 손뼉 치며 환호해줄 사람도, 첫걸음을 뗐을 때 손을 내밀어 다음 걸음으로 이끌어줄 사람도 없었기에 아이들은 설 이유도, 걸을 이유도 없었다. 근육이 발달하지 못한 아이들은 누워 지내는 시간이 점점 길어졌다. 간혹 우리에 갇힌 동물처럼 정형 행동을 하는 아이들도 있었다. 4번 방에서 지낼 만큼 자라면 아이들은 울지 않았다. 여린 생명들은 살아남기 위해 체념하는 법부터 터득했다. 이곳을 거쳐간 모든 아이들이 그랬다.

청소를 마치고 남자는 그릇을 수거했다. 아직 빈 그릇을 핥고 있는 아이들에게 손을 들어 보였다. 그제야 아이들은 서둘러 그릇을 내려놓고 몸을 웅크렸다. 제때 그릇을 내놓지 않으면 매서운 손이 날아온다는 걸 기억하고 있기 때문이었다. 말을 배운 적이 없는 이곳 아이들에게는 몸에 각인된 고통이 가장 확실한 언어였다.

철문을 닫으려던 남자가 움직임을 멈췄다. 남자의 시선

이 닿은 곳에 한 아이가 있었다. 아이는 병든 식물처럼 누워 있는 다른 아이들을 지나 한 발, 한 발 다가왔다. 저 아이는……. 남자가 눈을 가늘게 떴다.

"그래, 너구나."

남자가 고개를 끄덕였다. 몇 해 전 자신을 협박했던 당돌한 소녀가 낳은 바로 그 아이였다. 남자는 호기심 어린 눈으로 아이를 바라봤다. 일반적인 환경에서 자란 또래에 비하면 걸음이 느리고 불안정했지만, 아이는 분명 스스로 걷고 있었다. 그뿐만이 아니었다. 감정을 배우지 못해 표정이 없는 눈, 지하실의 어둠을 닮은 구멍 같은 눈으로 허공을 응시하는 이곳 아이들과는 눈빛이 달랐다. 남자는 제법 놀랐다. 이런 환경 속에서 아이들이 발달하기란 거의 불가능한 일이었다. 이런 일은 딱 한 번 있었다고 전에 선생이 말했었다. 그것도 아주 오래전의 일이었다. 남자가 직접 보는 것은 이번이 처음이었다. 아이가 다가와 손을 내밀었다. 작은 손에는 남자가 미처 챙기지 못한 그릇이 들려 있었다. 하아. 입술 사이로 탄성이 새어 나왔다. 머릿속이 복잡해진 남자는 멍하니 아이를 바라보다 겨우 입을 열었다.

"착한 아이구나."

남자는 무릎을 구부리고 앉아 오래도록 아이의 눈을 들

여다봤다. 까만 눈동자는 남자의 생각을 읽기 위해 끊임없이 반짝이고 있었다. 걷는 법도, 교감하는 법도 대체 어떻게 깨친 걸까. 남자는 수많은 질문들을 잠시 접어두고 그릇을 받아 들었다. 그리고 아이의 머리를 쓰다듬었다. 아이가 웃었다.

*

남자는 매일 아이를 지켜봤다.

아이는 자신에게 향한 시선을 눈치챘고, 남자가 오물을 청소하는 동안 빈 그릇을 한데 모아두었다. 그릇을 내주지 않는 아이들에게는 남자가 그랬듯 손찌검하는 시늉을 했다. 남자가 칭찬과 함께 머리를 쓰다듬어줄 때면 순한 동물처럼 눈을 끔뻑였다.

남자는 마침내 결심했다.

남자는 4번 방에서 아이를 데리고 나왔다.

남자가 아이를 데려간 곳은 한번 들어가면 다시 나올 수 없는 1번 방도, 더 큰 아이들이 지내는 5번 방도 아니었다. 남자는 아이를 번쩍 안고 계단을 오른 다음 복도 끝까지 걸었다. 신생아실 맞은편에 있는 비좁은 통로를 지나자 남자의 방이 나왔다. 방 안은 한낮의 빛으로 가득했다. 난생 처음 햇빛을 본 아이는 눈이 부셔 얼굴을 찡그렸지만, 싫지는 않은지 오래도록 창가를 바라봤다. 남자는 방문을 열고 나가 주방과 거실을 찬찬히 돌며 아이에게 집을 보여줬다. 벽에 걸린 시계와 주방에 쌓아둔 그릇들, TV, 테이블, 소파까지 모든 것이 처음인 아이는 눈을 크게 뜨고 집 안을 둘러봤다. 눈빛 안에 두려움도 호기심도 모두 들어 있었다.

"이제부터 배워야 할 게 아주 많단다."

남자가 아이를 품에 안은 채 말했다. 아이는 벌써부터 말을 익히려는 것처럼 남자의 입 모양을 유심히 바라봤다.

"그보다 먼저, 이제 너를 뭐라고 부르면 좋을까?"

남자가 다시 말을 잇자 아이는 빠르게 변하는 입 모양과 그 사이에서 흘러나오는 소리에 매혹된 듯 남자의 입술에 가만히 손을 얹었다.

아이

"아이야!"

남자가 아이를 불렀다. 뒷마당에 있던 아이가 달려왔다. 남자가 열쇠 꾸러미를 내밀었다.

"오늘은 늦을 거다. 때맞춰 개밥 주는 거 잊지 말아라."

아이가 열쇠를 받아 주머니에 넣고 고개를 끄덕였다. 방금 남자가 말한 '개밥'이란 '지하실의 개들'에게 줄 음식을 의미했다. 그것은 남자와 아이만 알고 있는 비밀스러운 말이었다.

남자가 차를 몰고 산 아래로 내려가는 걸 보고 아이는 다시 뒷마당으로 돌아왔다. 이곳에 '진짜' 개들이 있었다. 식용으로 기르는 몸집이 커다란 개들이 대부분이었고, 진돗개나 구불구불하게 자라는 금빛 털을 가진 개, '메리'나 '사랑이' 같은 이름표를 목에 걸고 있는 작은 개들도 더러 있었다.

　이곳의 개들 중에 그나마 생기가 넘치는 것은 갓 태어
난 새끼들뿐이었다. 비좁은 사육장 안에서 새끼들은 철없
이 이리저리 비집고 다녔다. 새끼를 제외한 나머지 개들은
저마다 생김새는 달라도 눈빛은 같았다. 말라버린 눈물의
빛깔이라고 해야 할까. 공포가 일상이 되어버린 생명들은
생의 의지가 빠져나간 텅 빈 눈동자를 갖고 있었다. 한때나
마 사랑받았던 개들도 시간이 지나면서 이곳에서 태어난
개들과 같아졌다. 귀찮아져서, 곤란해져서, 싫증이 나서, 생
각보다 몸집이 커져서, 늙거나 병들어서 버려진 개들은 얼
마간 자기를 버린 주인을 찾아 커다란 눈망울을 불안하게
굴렸다. 눈가의 털은 눈물로 축축하게 젖어 마를 줄 몰랐다.
시간이 흐르면서 개들은 체념한 눈으로 멍하니 허공만 바
라봤고, 여전히 주인을 애타게 기다리던 개들은 밥을 거부
하다 죽어갔다.

　남자의 집은 공식적으로 '개 농장'이었다. 집으로 들어
서는 길목에는 빨간색 페인트로 '개 조심'이라고 쓴 입간판
이 서 있었다. 아이는 왜 '개 조심'이라고 써놓았는지 늘 궁
금했다. 덩치가 커다랗고 날카로운 이빨을 갖고 있기는 하
지만, 아이가 보기에 개들은 늘 겁에 질려 있었다. 남자가

뜨겁게 달군 쇠꼬챙이로 고막을 지져놨기에 개들은 소리를 듣지 못했고 짖지도 않았다. 소음으로 민원이 들어오는 것을 미리 막기 위해서였다. 그럼에도 짖는 개들은 남자가 능숙한 솜씨로 성대를 잘라냈다. 그들은 두려워할 대상이 아니었다. 오히려 '지하실의 개들'만큼이나 무력한 존재들이었다.

아이가 다가가자 더위에 지친 개들이 느릿느릿 몸을 일으켰다. 충혈된 눈이 아이를 따라 움직였고 주둥이에서 침이 뚝뚝 떨어졌다. 뜬장은 커다란 개들이 다리를 곧게 펴고 서 있기에 턱없이 좁았다. 녹이 슬어 붉은빛이 도는 철망 틈에 발가락이 걸려 개들은 발이 성치 않았다. 철망 위에선 바닥을 딛고 앉는 것조차 편치 않아 개들은 대개 뜬장에 누워 죽은 듯이 지냈다. 가끔 폐사한 개를 치우기 위해 문을 열어도 개들은 철창 밖으로 도망치지 않고 더 깊숙이 들어가 꼬리를 숨겼다. 밖으로 끌려 나간 개들이 어떻게 됐는지 눈앞에서 여러 번 봐왔기 때문에 개들에게는 철창 밖이 가장 두려운 세상이었다. 아이가 밥그릇에 사료를 쏟아붓자 개들이 불편한 자세로 서서 허겁지겁 배를 채웠다. 개들은 사료뿐 아니라 사람이 남긴 밥도 잘 먹었다. 무엇이든 주는 대로 흔적도 남기지 않고 깨끗이 먹어 치웠다.

현관문을 열자 소파에 누워 잠든 도우너가 보였다. 선풍기 바람이 닿을 때마다 도우너의 곱슬머리가 나풀거렸다. 아이는 테이블에 일렬로 늘어놓은 여섯 개의 시계에 잠시 눈길을 주다가 방충망만 닫아두고 다시 마당으로 나왔다. 이렇게 해두면 밖에서도 알람 소리가 들릴 것이다. 남자는 신생아실과 지하에 있는 2번부터 6번 방까지 각각 알람을 맞춰두고 정확한 시간에 밥을 줬다. 신생아실 알람은 2시간 간격으로 울리지만, 지하실의 경우 문에 적힌 숫자가 커질수록 알람이 울리는 간격 또한 크게 벌어졌고 6번 방은 하루에 한 번 울렸다. 남자는 적게 먹어야 적게 싸는 법이라고 입버릇처럼 말했다.

키가 제일 큰 나무 앞에 서서 아이는 한쪽씩 차례대로 슬리퍼를 벗었다. 슬리퍼는 편하기도 했지만, 때로는 불편해 차라리 맨발이 나았다. 아이는 사계절 내내 슬리퍼를 신고 티셔츠를 입었다. 남자는 아이에게 도톰한 외투나 바닥이 폭신한 운동화, 알록달록한 양말 같은 것들은 사 주지 않았다. 아이의 세상은 집과 마당이 전부였으니 꼭 필요한 것도 아니었다. 한겨울에 마당으로 나갈 때는 무릎 아래까지 내려오는 남자의 점퍼를 껴입었다.

아이가 나무에 손을 뻗었다. 움푹 팬 곳을 짚고 숨을 크게 들이마신 다음 가뿐하게 나무를 탔다. 아이는 어디든 잘 올라갔다. 언젠가 현관문이 고장 나 열리지 않은 적이 있었는데, 그때 우수관을 타고 다락방 창문까지 기어올라 실내로 들어갔고 그 일로 남자에게 칭찬을 받았다. 그 뒤로 오를 수 있는 곳이라면 어디든 맨손과 맨발로 오르는 데 재미를 붙인 아이는 남자가 집을 비울 때면 나무에 올라가 가보지 못한 세상을 오래도록 바라봤다.

멀리서 바람이 불어오자 나뭇잎들이 흔들리며 간지러운 소리를 냈다. 아이는 적당한 가지에 걸터앉았다. 늦여름인데도 공기가 제법 뜨거웠다. 머지않아 나뭇잎들이 세상의 모든 열기를 빨아들이며 매일 더 붉게 익어갈 것이다.

멀리, 산 아래로 다른 세상이 보였다. 사실 산이라고 부르기 민망한 야산에 불과했으나 다른 산을 본 적이 없으니 아이에게는 이곳이 세상에서 가장 높은 곳이었다. 가보지 못한 세상 끝에 하늘이 닿아 있어 아이는 파란 하늘을 따라 고개를 한껏 젖혔다. 가을을 준비하는 하늘이 깨질 듯 맑아 아이는 눈을 감았다. 다시 눈을 떴을 땐 발끝이 보였다. 아이는 집에서 마을로 이어진 길을 따라 천천히 시선을 옮겼다. 일이 있을 때마다 남자가 차를 몰고 내려가는 길이었다. 산 아래쪽에는 가게도 있었다. 가본 적은 없지만 가게가 어떤 곳인지 아이도 알고 있었다.

일이 잘 풀린 날이면 남자는 아이스크림을 사 왔다. 처음 그 달콤한 것을 입에 넣었을 때 아이는 눈을 크게 뜨고 남자를 바라봤다. 입안에 스며드는 차가운 감각에 놀랐고, 곧이어 부드럽게 녹아내리며 혀를 감싸는 단맛에 심장이 멎는 것 같았다. 지하실에서 죽만 먹고 지내온 아이에게 밥알의 탱글탱글한 식감이나 된장국의 구수한 냄새, 조미김의 간간한 맛, 콩나물의 슴슴하고 담백한 맛들이 매끼마다 즐거움을 줬다. 밥을 먹을 때면 기분이 좋아 발을 까딱거리던 아이에게 아이스크림은 충분히 경이로울 정도의 맛이었다. 그 맛을 자꾸 느끼고 싶어 아이는 남자가 아기들을 더 많이 데려오기를 바랐다.

오늘은 아이스크림을 먹을 수 있을까.

그 생각을 하자 아이는 가슴이 콩닥콩닥 뛰었다. 남자가 돌아오려면 아직 시간이 많이 남았지만 나무에 앉아 세상을 바라보면 기다리는 일도 지루하지는 않았다. 적당히 거리를 두고 있는 작은 상자 같은 집들. 군데군데 무덤처럼 솟아오른 야트막한 산들. 그 아래로 초록빛 논과 밭이 폭신한 요처럼 깔려 있는 풍경. 그보다 더 먼 곳은 TV로 볼 수 있었다. 아이는 TV로 세상을 경험하고 말과 글을 배웠다.

아이는 바깥세상이 궁금했다. 하지만 뜬장에서 태어나 평생을 갇혀 산 개들처럼 집 밖으로 나갈 생각은 조금도 하지 못했다.

알람이 울렸다. 나뭇가지에 앉아 있던 아이가 가뿐하게 뛰어내렸다. 아이는 집 안으로 들어와 요란하게 울리는 시계를 끄고 새로 알람을 맞춘 다음 주방으로 향했다. 잠이 깬 도우너가 눈을 비비며 따라왔다.

"너도 배고파?"

"어어."

도우너가 어눌한 발음으로 대답하며 아이의 품으로 파고들었다. 도우너가 할 수 있는 말이라곤 '어어'가 전부였지만, 아이는 그것이 그렇다는 의미인지 아니라는 의미인지, 좋다는 건지 싫다는 건지 정확히 구분할 수 있었다.

"소파에 앉아서 얌전히 기다리고 있어."

아이는 커다란 솥에 가득한 죽을 자신이 들 수 있는 작은 주전자에 옮겨 담은 다음, 한 손에는 주전자를, 다른 손에는 플라스틱 그릇이 담긴 바구니를 들고 남자의 방으로 들어갔다. 침대 바로 뒤편에 설치된 붙박이장 문을 열자 안이 텅 비어 있었다. 비밀의 터널을 지나듯 옷장을 통과하면 맞은편에 신생아실이 보였다. 지금은 비어 있지만 오늘 남자가 하는 일이 잘되면 조만간 이곳에서 새로운 아기가 지내게 될 것이다. 아이는 좁은 복도를 지나 계단으로 향했다.

4번 방 앞에서 아이는 손에 들고 있는 것을 내려놓고 주머니를 뒤졌다. 열쇠 꾸러미에서 숫자 '4'가 적힌 열쇠를 골라 자물쇠에 밀어 넣었다. 문이 열리자 몇몇 아이들이 몸을 일으켜 앉았다. 힘없이 고개만 돌리고 코를 벌름거리는 아이들도 있었다. 전부 도우너보다 어린 아이들이었다. 아이가 남자를 도와 밥을 주고 청소를 하는 곳은 4번 방까지였다. 도우너 또래이거나 조금 더 큰 아이들이 지내는 5번 방, 그리고 아이보다 어리거나 비슷한 아이들이 지내는 6번 방은 남자가 도맡았다.

아이가 그릇을 가지런히 놓고 주전자를 기울여 죽을 따랐다. 모든 그릇을 똑같이 채운 다음 손짓하자 아이들이 허겁지겁 죽을 삼켰다. 아이는 아이들을 한 명씩 차례대로 살펴봤다. 특별한 감정이 일어서 그러는 건 아니었다. 그저 남자가 하듯이 신체에 이상이 없는지 확인하는 것뿐이었다. 아이는 남자의 모든 행동을 유심히 지켜봤고 그대로 따라 하며 자랐다.

다른 아이들과 똑같이 신생아실에서 시작해 2번 방과

3번 방을 거쳐 4번 방에서 지내다 운 좋게 지상으로 올라온 아이는 이제 열 살이 되었고 오래전의 일들은 대부분 잊어버렸다. 머릿속에서는 희미해도 몸이 기억하기 때문인지 지하로 내려올 때마다 살갗이 팽팽해졌지만 아이는 자신이 긴장하고 있다는 것조차 깨닫지 못했다. 이런 유의 스트레스는 익숙했다. 아이가 경험한 세상은 이곳이 전부였으므로 오히려 아늑함이나 다정함 같은 감정이 낯설게 느껴졌을 것이다. 이곳에서는 선과 악, 옳고 그름에 대해 배울 기회도 없었다. 이곳에는 임신한 여자 혹은 갓 태어난 아기들을 데려오는 남자와 지하실의 아이들이 있을 뿐이었다. 아이는 왜 이곳에 아이들이 갇혀 있는지 생각해본 적이 없었다. 남자의 일을 도우며 꾀를 부릴 생각도 하지 못했다. 아이에게는 이 모든 것이 지극히 자연스러운 일상이었다. 그럼에도 아이들이 1번 방에 끌려갈 때면 몸이 차갑게 가라앉는 기분을 느꼈고 그런 날은 어김없이 악몽에 시달렸지만, 아이는 악몽의 원인을 알지 못했다.

아이는 수돗물을 틀고 오줌과 똥을 치우기 시작했다. 능숙한 동작으로 물을 뿌리고 빗자루로 오물을 쓸어 모아 수챗구멍 안으로 흘려 보냈다. 청소를 마친 뒤에 소독약을 뿌리는 것도 잊지 않았다.

아이는 텅 빈 옷장을 통과한 다음 미닫이문을 닫았다. 문을 닫고 보면 아무것도 의심할 것 없는 평범한 옷장이었다. 남자의 방에서 나오자 소파에 누워 있던 도우너가 뒤뚱거리며 달려왔다. 아이는 옆구리로 파고드는 둥그런 머리를 부드럽게 쓰다듬었다.

"어어."

도우너가 엉성한 치아를 드러내며 웃었다.

"밥 줘?"

"어어."

"밥 주세요, 해야지."

"어어어."

전기밥솥을 열자 푸근한 밥 냄새가 퍼졌다. 신이 난 도우너가 제자리에서 깡충깡충 뛰었다. 움직임이 둔한 오른쪽 다리 때문에 괴상한 춤을 추는 것처럼 보였다. 아이는 그릇에 밥을 담고 그 위에 날계란을 깨뜨린 다음 간장과 참기름을 넣고 쓱쓱 비볐다. 아이가 더 어릴 때 남자가 해준 그대로였다. 맵고 짠 밑반찬으로 가득한 냉장고에서 도우너가 먹을 만한 멸치볶음을 꺼내 밥그릇에 조금 덜고, 조미김을 잘라 접시에 올렸다.

작은 쟁반을 테이블에 놓자마자 도우너가 달려들어 손

으로 김을 집어 먹었다. 남자가 옆에 있을 때는 절대로 하지 않는 행동이었다. 아이가 도우너를 소파에 앉히고 손수건을 목에 걸어 턱받이를 만든 다음 숟가락으로 밥을 한술 떠 입에 넣어주었다.

"밥."

아이는 도우너의 눈을 바라보며 천천히 입술을 움직였다. 아이가 지상으로 올라왔을 때는 지금의 도우너보다 좀 더 어렸다. 아이는 남자의 입술을 보며 금세 말을 익혔지만, 태어난 이후로 쭉 아이 품에서 자란 도우너는 아직까지 말을 하지 못했다. 아이가 매일 가르쳐도 소용이 없었다.

"밥. 바압."

"어어."

입안에 있는 밥을 다 삼키기도 전에 도우너가 밥그릇을 가리켰다. 입술 사이로 침이 섞인 밥알이 흘렀다.

아이가 지상에 올라오고 한 해쯤 지났을 때, 이곳에서 도우너가 태어났다. 여느 때처럼 아이는 신생아실에서 남자의 일을 거들고 있었다. 여자가 비명을 질렀고, 다리 사이에서 붉은 덩어리가 쏟아져 나왔다. 아이는 벌써 이런 장면을 여러 번 목격했지만, 그날 태어난 아기가 특별했기 때문에 작은 생명에게서 눈을 떼지 못했다. 대부분이 그렇듯 도우너를 낳은 여자도 자기가 낳은 아기를 보려고 하지 않았는데, 남자가 약속한 사례금을 다 줄 수 없게 됐다고 말하자 그제야 고개를 돌렸다. 여자는 짧은 울음을 토해내고 손으로 입을 막았다. 못 볼 걸 봤다는 듯 눈을 꼭 감은 채 몸을 떨다가 남자가 내주는 돈을 세어보지도 않고 서둘러 자리에서 일어났다.

남자가 여자를 도시까지 데려다주러 간 사이, 아이는 아기 옆에 있었다. 유난히 작은 눈, 툭 튀어나온 이마, 개수가 모자라는 손가락. 아이는 자신이 가장 좋아하는 캐릭터를 떠올렸다. 글씨를 모르는 아이가 그림만 보며 책장을 넘기는, 종이가 누렇게 변해버릴 만큼 오래된, 이 집에 있는 유일한 만화책에 나오는 캐릭터였다. 작은 입술에 손을 대자 아기가 아이의 손가락을 힘차게 빨기 시작했다. 아이는 낯설고 두려운 동시에 익숙하고 따뜻한 무언가를 느꼈다. 아이는 아기의 손가락과 까만 눈동자, 구불구불한 머리카락을 찬찬히 살펴봤다. 눈을 깜빡이고, 숨을 쉬고, 손과 발을 꼬물대는 모습을 마치 처음 보는 것처럼 신기하게 바라봤다.

"쓸모없는 물건이 나왔구나."

집에 돌아온 남자가 한숨을 내쉬었다. '지하실의 개들'

아이

을 칭하는 또 하나의 은어가 바로 '물건'이었다. 대개 물건들은 남자에게 큰돈을 안겨줬지만, 유지비가 더 들 거라는 판단이 서면 일찌감치 폐기 처분했다. 남자는 아기의 몸을 감싸고 있는 이불을 걷어내고 작은 배에 손가락 두 개를 얹은 다음 이곳저곳을 더듬었다.

"이런 건 데리고 있어봤자 괜히 손만 가고 귀찮지."

남자는 결정했다는 듯 몸을 일으켰다.

"개 먹이로나 써야겠구나."

이 경우 지상에 있는 '진짜' 개들을 의미한다는 걸 아이도 알고 있었다. 보통과 다르게 태어났거나 아픈 아이들을 두고 남자는 '쓸모없는 물건'이라고 말하며 1번 방으로 데려갔다. 1번 방에서 남자가 작업을 마치면 아이는 그것을 뒷마당의 개들에게 먹이로 주었고 개들은 밥그릇에 담긴 것을 흔적도 남기지 않고 깨끗이 먹어치웠다. 자주 있는 일은 아니었지만, 그렇다고 특별할 것도 없는 일이었다. 아이에게는 그저 평소보다 손이 더 많이 가는 하루일 뿐이었다. 남자가 시키는 일이라면 뭐든지 군소리 없이 해왔지만 특별한 아기는 달랐다. 당시 말이 아직 서툴고 어눌했던 아이는 아기의 손을 꼭 잡고 작은 목소리로 중얼거렸다.

"나 이거 주세요."

아이가 남자에게 무언가를 요구한 건 처음이었다. 아이의 행동에 흥미를 느낀 남자가 묘한 웃음을 흘렸다. 생각 끝에 남자는 고개를 끄덕였다.

"그래, 너에게 주마. 언젠가는 이런 물건도 쓰임이 있을지 모르니 한번 잘 키워봐라."

신이 난 아이는 만화책을 들고 남자에게 달려왔다. 좋아하는 캐릭터가 나온 페이지를 펼치고 손가락으로 짚었다.

"이거."

이번에는 특별한 아기를 가리켰다.

"이거. 두 개 똑같아요."

남자가 만화책과 아기를 번갈아 보며 웃었다.

"도우너를 닮았다고? 그래, 그러고 보니 닮은 것도 같구나."

"도너?"

"그래, 도우너. 애 이름이 도우너란다."

남자가 손끝으로 만화책을 톡톡 두드리며 말했다. 그때부터 아이는 아기를 도우너라고 불렀다. 남자가 어릴 때 봤다는, 이 집에 있는 유일한 만화책《아기공룡 둘리》에 등장하는 외계인. 툭 튀어나온 이마와 작은 눈, 몸집에 비해 커다란 머리와 손가락이 네 개씩 달린 손을 가진 아기는 아이가 보기에 영락없는 '도우너'였고 그래서 특별한 존재였다.

다른 신생아를 돌본 것과 마찬가지로 아이는 도우너를 돌봤다. 다른 점이 있었다면 도우너는 태어난 그날부터 아이가 다락방에 데려와 키웠다는 거였다. 누가 가르쳐주지도 않았는데 아이는 도우너의 배를 토닥이며 잠을 재웠고 나날이 살이 오르는 통통한 볼에 입을 맞추었다. 도우너는 아이의 긴 머리카락을 꼭 붙든 채 잠이 들었다. 글자를 읽게 되면서부터 아이는 매일 밤 도우너에게 만화책을 읽어주었다. 도우너는 '도우너'가 처음 등장하는 부분에서 웃음을 터뜨리며 책장을 자꾸 뒤로 넘겼는데, 그럴 때마다 아이는 몇 번이고 다시 읽어주었다.

"어어."

"밥 주세요, 하는 거야. 밥. 바압."

아이가 숟가락을 뒤로 빼자 도우너가 입을 더 크게 벌리며 다가왔다. 아이는 TV에서 본 아기 새를 떠올렸다. 아이는 밥을 입에 넣어주는 척하다 다시 손을 뒤로 뺐다. 숟가락을 장난스럽게 이쪽저쪽으로 움직일 때마다 도우너가 한 박자 늦게 고개를 돌리며 입을 벌렸다. 도우너가 좋아하는 놀이 중 하나였다. 볼록한 배를 두드리며 도우너는 숨이

넘어갈 듯 웃었다. 아이가 숟가락을 빙글빙글 돌리며 입가
에 가져다 대자 도우녀가 냉큼 받아먹었다.

"어어."

기분이 좋아진 도우녀가 김을 한 장 집어 아이의 입에
넣어주었다. 아이의 입속으로 도우녀의 작고 따뜻한 손가
락 네 개가 들어왔다. 아이는 손수건으로 도우녀의 입가를
닦아주고 다시 밥을 뜬 다음 도우녀가 입을 벌릴 때까지 천
천히 기다렸다.

남자는 밤늦게야 돌아왔다.

아이는 남자가 눈치채지 못하게 남자 손에 들린 물건을
흘깃 쳐다봤다. 비닐봉지 안에는 아이스크림 대신 소주와
안줏거리가 들어 있었다. 남자의 표정은 굳이 살필 필요가
없었다.

"라면 하나 끓여라."

남자가 피곤한 목소리로 말하며 소파에 앉았다. 아이는
소주잔부터 챙겨 테이블에 가져다 두고, 멀찌감치 서서 비
닐봉지만 바라보고 있는 도우녀를 끌어다 다락에 올려보냈
다. 남자는 TV를 켜고 볼륨을 높였다. 채널을 돌릴 때마다
말소리와 웃음소리와 노랫소리 같은 것들이 빠르게 토막

났다. 아이는 냄비에 물을 맞추고 서둘러 가스 불을 켰다.

*

2번 방 앞에서 아이는 움직임을 멈췄다. 배식을 끝내고 이제 막 문에 자물쇠를 걸던 중이었다. 어디선가 가쁜 숨소리가 들려왔다. 제대로 들은 게 맞나 싶어 아이는 숨을 멈추고 주의를 집중했다. 소리는 복도 끝에서 들려왔다. 아이는 마른침을 삼켰다. 나쁜 징조였다. 며칠 전부터 남자는 5번 방에 다녀올 때마다 표정이 좋지 않았다. 알람과는 상관없이 수시로 지하실에 내려가 평소보다 더 오래 머물다 왔다. 아이는 청각에 의지해 걸음을 옮겼다. 소리가 나는 곳은 예상한 대로 5번 방이었다. 키가 작아 까치발을 들어도 철창 안을 들여다볼 수 없어 아이는 잠시 문에 귀를 대고 서 있다가 급히 계단을 뛰어 올라갔다. 오늘 남자의 기분이 어때 보였던가. 별로 좋아 보이지는 않았다. 아이는 서둘렀다.

"5번 방에……."

얘기를 다 듣기도 전에 남자는 욕설부터 내뱉었다. 손에 쥐고 있던 리모컨을 소파에 아무렇게나 던져버리고 비밀스러운 옷장을 통과해 지하로 내려갔다. 아이는 거실 바닥에 엎드려 그림을 그리고 있는 도우너에게 다락에 올라가라는 손짓을 하고 서둘러 남자를 따라갔다.

아이가 5번 방에 들어서자 아이들이 불안한 눈으로 쳐다봤다. 평생을 지하실에 갇혀 지낸 아이들은 인간의 복잡하고 다양한 감정을 체득할 기회가 없었던 대신 원초적인 본능이 더욱 예리하게 남아 있었다. 마치 위험을 미리 감지하고 달아나는 쥐 떼들처럼 아이들은 방 한구석에 다닥다닥 모여 눈알만 이리저리 굴렸다.

"지난번에 말한 급매물. 아직 찾는 사람 없어?"

남자는 물건의 상태를 살피며 누군가와 통화하는 중이었다. 바닥에 누워 있는 물건은 짧은 숨을 내뱉는 것조차 힘겨워 보였다.

"낱개도 상관없어. 시간이 없다니까."

아이는 남자가 초조해하는 이유를 잘 알고 있었다. 장기는 유통기한이 길지 않았다. 판매자 입장에서는 한 번의 작업으로 여러 개의 장기를 팔아넘기는 것이 이득이기에 가능한 한 더 많은 고객이 모일 때까지 시간을 끄는 게 보통이었다. 물론 고객들에게는 "적합한 기증자를 찾는 중"이라고 말했다. 브로커는 대기자 외에도 끊임없이 새로운 고객을 찾아 수술 스케줄에 끼워 넣었고, 만족할 만한 인원이 채워지면 남자가 수술 시간에 맞춰 작업한 뒤 싱싱한 장기를 신속하게 넘겼다. 한 번의 작업으로 '완판' 기록을 세운 운이 좋은 날도 있었지만, 간혹 물건을 통째로 버리는 날도 있었는데 바로 오늘 같은 날이었다.

"그래. 알에이치 음성(Rh-)이니 쉽지 않겠지."

남자가 긴 한숨을 내쉬며 전화를 끊었다. 물건은 하필 흔치 않은 혈액형이었다. 물론 현대 의학은 혈액형이 달라도 장기 이식이 가능할 만큼 기술이 발달했지만, 불법으로 시술하는 곳에서는 아직 먼 미래의 일이었다.

"이게 다 얼마짜린데. 이걸 그냥 버리게 생겼구나."

남자가 거칠게 숨을 쉬는 물건을 발로 툭툭 건드렸다. 어쩔 수 없다는 걸 알면서도 분이 풀리지 않는 기색이었다. 툭툭 건드리던 동작이 점점 거센 발길질로 변했다. 그렇지 않아도 숨이 꺼져가던 물건은 몸부림조차 치지 못하고 금세 축 늘어졌다.

뚜껑에 가득, 두 번.

아이는 속으로 습관처럼 중얼거렸다. 1번 방에서 '쓸모 없는 물건'을 처리할 때 아이가 제일 먼저 하는 일은 냉장고에서 오렌지주스를 꺼내 두 모금쯤 마시는 거였다. 잔뜩 겁에 질려 두리번거리던 물건도 상큼한 과일 냄새를 맡고 나면 아이 손에 들린 주스병만 쳐다봤다. 그다음에 아이는 물약 뚜껑을 열고, 뚜껑에 표시해둔 곳까지 약을 가득 따른 뒤 오렌지주스병에 부었다. 그리고 한 번 더. 총 두 번 약을 넣고 내용물이 잘 섞이도록 주스병을 빙빙 돌린 다음 건네면 물건은 난생처음 보는 고운 빛깔과 달콤한 맛에 취해 단숨에 음료를 삼켜버렸다.

　물건이 깊은 잠에 빠져들면 심장을 멎게 하는 2번 약을 준비했다. 아이 눈에는 1번 약으로도 충분해 보였으나 남자는 심장이 완전히 멈춘 뒤에 기계에 넣어야 한다고 알려주었다. 1번 약을 건너뛰고 2번 약만 써도 되지만, 그 경우 극심한 통증이 지나간 뒤에 심장이 멎기 때문에 썩 좋은 방법은 아니라고 덧붙였다. 남자는 화가 나면 '쓸모없는 물건'의 숨이 끊어질 만큼 발길질을 해대는 사람인 동시에 평소에는 그들을 고통 없이 보내주기 위해 번거롭더라도 반드시 1번 약을 먼저 사용하는 사람이기도 했다. 아이는 아직 이러한 양면성에 대해 생각할 수 있는 나이가 아니었다. 그저 남자의 기분이 어떤지 살피기 바빴고, 기분이 좋지 않은 날에는 그 화가 자신이나 도우너에게 미치지 않기만을 바랄 뿐이었다.

오늘은 1번 약도, 2번 약도 준비할 필요가 없었다. 희귀한 혈액형을 가진 물건은 처음이자 마지막으로 달콤한 음료를 맛볼 기회조차 얻지 못했다. 남자는 축 늘어진 물건을 작업대에 올렸다. 먼저 토치로 털을 말끔하게 태우고 어느 정도 피를 뺀 다음, 기계에 넣어 적당한 크기로 자르고, 마지막으로 살과 뼈를 부드럽게 갈아 양동이에 담았다. 이것이 흔적을 남기지 않는 최선의 방법이라고 선생에게 배웠다. 남자는 마취를 하고 장기를 꺼내는 작업뿐 아니라 아이들에게 필요한 기본적인 응급처치 및 제왕절개, 충수 돌기를 절제하는 것 등의 몇몇 수술법 또한 선생에게 배웠고, 아이가 조금 더 자라면 자신이 알고 있는 모든 기술을 하나씩 가르칠 계획이었다.

작업이 끝나고 남자가 1번 방을 청소하는 동안 아이는 양동이를 들고 뒷마당을 오갔다. 밖에 나가면 환한 빛 때문에 눈을 가늘게 떴고, 지하로 돌아오면 희미한 불빛에 적응할 시간이 필요했다. 불을 켜지 않으면 지하실은 흙 속에 파묻힌 것처럼 완벽한 어둠에 짓눌렸다. 그야말로 무덤과도 같은 곳이었으므로 복도에는 낮이든 밤이든 항상 희미하게 불을 켜두었다. 아이가 마지막 양동이를 들고 뒷마당으로 향했다. 양동이 안에 든 것을 밥그릇에 쏟아붓자 개들이 냄새도 맡지 않고 허겁지겁 해치웠다.

*

마당을 둘러싼 나무들이 서서히 가을빛으로 물들어갔다. 머지않아 야산은 노을만큼이나 다채로운 빛깔로 여물 것이다.

"이것 봐."

아이가 나뭇잎을 한 장 떼어내 도우너에게 보여줬다.

"조금 있으면 빨간색으로 변할 거야. 기억나?"

"어어."

"빨간색이 무슨 색이지?"

아이의 질문에 도우너는 잠시 눈을 깜빡거리며 생각하다 얼른 만화책 표지를 두드렸다.

"어어."

도우너의 손가락이 만화 속 캐릭터 '도우너'가 입은 옷을 가리켰다.

"그래, 이게 빨간색이야. 가을이 되면 이 나뭇잎이 빨간색으로 변한다니까."

아이는 오래전부터 마당을 돌아다니며 주위를 관찰하는 취미가 있었다. 찾아오는 사람 하나 없는 야산 외딴집에 놀거리라고는 자연이 전부이기도 했지만, 계절의 변화를 좇는 것만으로도 심심할 틈이 없었다. 제 몸집보다 몇 배는 커다란 곤충 사체를 이고 가는 개미를 따라다니거나 매미 유충이 벗어놓은 허물을 주워 모으는 것도 재미있었고, 빗방울이 떨어지는 소리를 듣거나 눈송이를 잡으려고 이리저리 뛰어다니는 것도 즐거웠다.

주변 풍경 중에서 아이는 나무를 제일 좋아했다. 겨우내 바싹 말라 있던 가지에 서서히 물이 차오르고, 그 틈에서 작지만 완벽한 모양을 갖춘 잎들이 비어져 나오고, 여름이면 잎을 키우고 가을이면 노란빛으로 붉은빛으로 물들어가는 일이 TV에서 본 마술만큼이나 신기하게 느껴졌다. 잎이 하나둘 떨어져 벌거숭이가 된 나무들이 해마다 봄이면 다시 새잎을 밀어내는 것이 반가웠다. 무엇보다 나무는 팔을 벌려 끌어안을 수 있었다. 애정을 가지고 아이를 안아준 사람이라곤 단 한 명도 없었지만, 아이는 우연히 나무를 끌어안았다가 갓 지은 밥 냄새를 맡을 때라든가 햇볕에 잘 말린 이불에 얼굴을 파묻을 때처럼 기분이 좋아지는 걸 느꼈다. 그 뒤로 아이는 종종 마당에 나가 주변에 아무도 없는 걸 확인한 다음 팔을 한껏 벌리고 나무를 끌어안았다. 도우너가 생긴 뒤에는 따스하고 말랑말랑한 도우너를 품에 안는 걸 더 좋아하게 됐지만, 요즘도 아이는 가끔 나무에 심장을 맞대고 한참 동안 서 있곤 했다.

도우너가 자라면서 함께 마당을 둘러보기도 했는데, 벚꽃이나 단풍잎을 주워 손에 쥐여줘도 도우너는 금세 흥미를 잃어버렸다. 일이 없을 때면 아이는 도우너와 함께 제일 커다란 나무 아래 앉아 '도우너'가 나오는 만화책을 봤다. 싫증을 잘 내는 도우너도 '도우너'가 처음 등장하는 장면에는 결코 흥미를 잃지 않았다. 여전히 손뼉을 치며 다시 읽어달라고 책장을 뒤로 넘겼다. 그렇지 않아도 낡은 만화책이 더욱 해어져 아이는 책장을 넘길 때 조심해야 했다.

"어어."

도우너가 만화책을 읽어달라고 재촉했다. 아이는 어제 읽어준 부분을 처음부터 다시 읽기 시작했다.

지금은 낡은 만화책이 집에 있는 유일한 책이지만, 아이가 태어나기 훨씬 전에는 집 안 곳곳에 두꺼운 서적이 가득했다. 전부 선생이 보던 것들이었다.

오래전, 남자도 소년이었던 시절이 있었다.

그보다 더 오래전에 아기였던 시절도 있었다.

남자는 이곳 신생아실에서 태어났다. 남자는 자신을 낳아준 사람에 대해서 들은 바가 없었으나 지금 이곳에 오는 여자들과 비슷한 나이에 비슷한 사정을 가지고 있었을 거라고 짐작했다. 남자가 세상에 나올 때, 그 작은 몸을 받아준 사람이 바로 선생이었다.

　부모에게 버려지고, 양부모조차 만나지 못한 아기는 때가 되어 지하실로 옮겨졌다. 아기는 다른 아이들과 달랐다. 사육장과도 같은 이곳에서 아이들이 '사람답게' 발달하기란 거의 불가능한 일이었는데, 선생이 살아 있는 동안 목격한 '스스로 사람답게' 자란 아이는 단 한 명뿐이었고 그 아이가 바로 남자였다.

　"놀라운 아이구나."

　얼마간 지켜본 뒤에 선생은 소년을 지하실에서 꺼내주었다. 지상에 올라온 소년은 다락방에서 지내며 선생의 일을 도왔고 타고난 영민함으로 선생에게 사랑받았다. 소년은 매일 더 아름답게 자랐다. 매일 청결하게 씻고, 깨끗한 물과 음식을 먹고, 교양 있는 말과 글을 익혔다. 선생은 자신이 가지고 있는 모든 기술을 소년에게 가르쳤다. 보통의 아이들이 동화책을 읽을 나이에 소년은 집 안에 가득한 의학 서적을 넘기며 자랐고, 무엇보다 선생이 1번 방에서 작업하는 모든 것을 지켜봤기에 선생의 뒤를 이을 준비를 자연스럽게 마칠 수 있었다.

선생은 원래 의사였다. 마약에 손을 대 면허가 취소된 뒤에 그는 면허를 재교부 받기 위해 노력하는 대신 전공을 살릴 수 있는 다른 일을 시작했다. 세상이 돌아가는 방식은 인간만큼이나 양면적이었고 어쩌면 그는 적성에 더 잘 맞는 길을 찾은 셈이었다. 선생은 욕심 없이 사업을 꾸려가며 법 밖에서 '스스로 파괴할 권리'를 충분히 누리고 살았다.

선생이 약에 손을 대는 일은 처음엔 자기 자신 외에 누구에게도 해를 끼치지 않았지만, 소년이 자라면서 소년에게 해를 가하는 일들이 늘어났다.

어느 날 소년이 잠결에 눈을 떴을 때, 선생이 약에 취한 채 알몸으로 침대맡에 앉아 있었다. 소년이 잠에서 깨어난 걸 눈치채고 선생은 소년의 몸을 부드럽게 어루만져주었다. 또 어느 날은 벌거벗은 소년을 무릎에 앉히고 머리를 빗겨주었다. 한번은 샤워를 하던 선생이 소년을 불러 자신의 몸에 비누칠을 해달라고 부탁한 적도 있었다.

처음에 소년은 선생의 행동이 어떤 걸 의미하는지 알지 못했다. 그럼에도 본능적으로 그것이 수치스럽고 불편하며 불쾌하기까지 하다는 것을 느꼈다. 소년은 '싫다'는 말을 할 수 없었다. 소년에게 선생은 생명을 구해준 은인이자 지옥에서 끌어낸 신이었고, 자신을 길러준 아버지였다. 소년이 자랄수록 선생은 점점 노골적으로 소년의 몸을 탐했다. 그런 일은 소년이 열여덟 살이 된 뒤에도 계속 이어졌다. 보통 아이들이라면 주민등록증을 발급받을 나이였다. 세상에 태어난 기록조차 남지 않은 소년은 당연히 주민등록증을 만들지 않았고, 그때까지만 해도 '신분증'이라는 게 필요하다는 사실도 몰랐으며, 그보다 제대로 된 이름조차 없었다. 그럼에도 소년은 또래 아이들보다 더 빨리 어른이 되었다. 자신이 당하는 일들이 어떤 걸 의미하는지 정확히 이해하게 된 뒤에도 소년은 적당한 때를 기다렸다. 그리고 더이상 선생에게 힘으로 밀리지 않을 만큼 뼈가 굵어졌을 때 소년은 차근차근 계획을 세웠다.

치사량의 약을 주사할까.

그것이 약쟁이에게 가장 어울리는 죽음이었다.

아니야.

소년은 고개를 저었다. 되도록 선생에게 극심한 고통을 줄 수 있는 방법을 찾고 싶었다.

디데이로 정한 그날, 소년은 마지막으로 선생과 잠자리를 가졌다. 전과는 다르게 섬세하면서도 과감하게 행동해 선생을 만족시켰다. 선생이 행복한 얼굴로 잠든 것을 확인하고 소년은 주방으로 나왔다. 커다란 들통에 물을 가득 채운 다음 가스 불을 켰다. 물이 팔팔 끓기 시작하자 설탕을 쏟아붓고 몇 번 저은 다음, 들통째 들고 방으로 가 자고 있는 선생에게 끼얹었다. 점성이 생긴 물은 선생의 피부에 들러붙어 더욱 치명적인 화상을 입혔다. 선생이 고통스럽게 죽어가는 과정을 지켜본 뒤, 소년은 선생이 가르친 것처럼 '흔적을 남기지 않는 최선의 방법'으로 선생의 육신을 처리했다. 선생의 이니셜이 적힌 의학 서적은 모두 불태웠다. 안에 적힌 내용은 어릴 때부터 수없이 봐 이미 소년의 머릿속에 사진을 찍어둔 것처럼 저장돼 있었기에 아쉬울 것이 없었다. 신분증과 통장 등 꼭 필요한 것만 남겨두고 선생이 쓰던 모든 물건을 말끔히 없앴다.

선생과 거래해온 이들은 선생 대신 남자가 일을 처리해도 그 이유를 묻지 않았다. 누구나 묻어두고 싶은 일이 하나쯤 있다는 것을 이 바닥에서 일하는 사람들이라면 충분히 이해하고 있었다.

기록된 적이 없어 세상에 없는 것이나 다름없는 남자가 세상에 발을 들이고 새로운 삶을 시작하기란 쉽지 않았다. 선생이 모아둔 돈이면 충분히 삶을 위조할 수도 있었으나 남자는 어떻게 살아가야 하는지에 대해서는 물론이고 어떻게 살아가고 싶은지조차 답을 찾지 못한 상태였다. 선생은 사라졌지만 사망 신고를 하지 않았으므로 서류상 아직 살아 있는 사람이었고 남자는 그 점을 적절히 활용하며 하던 일을 계속했다. 좋아서 이 일을 하는 건 아니었다. 그렇다고 특별히 죄책감을 느끼는 것도 아니었다. 남자는 보통 사람들이 그렇듯 그저 관성의 법칙에 따랐을 뿐이었다.

남자는 서류상 '없는 사람'이기에 어쩌면 이 일을 하는 데 가장 적절한 사람인지도 몰랐다. 만일 일이 잘못된다 해도 경찰은 결코 남자를 찾아낼 수 없을 것이다. 남자는 어린 시절부터 선생이 하는 일이 비밀스럽게 진행되어야 한다는 것, 세상 사람들이 알게 되면 죗값을 치르게 될 일이라는 것 정도는 잘 알고 있었다. 하지만 완전히 이해하는 것은 아니었다. 언젠가 남자는 TV에서 작은 상자에 갇힌 송아지를 본 적이 있었다. 인간들은 더 부드러운 고기를 얻기 위해 갓 태어난 송아지를 움직일 수 없을 만큼 작은 상자에 가두고 때에 맞춰 인공 포유를 했다. 어미의 젖 한 번 빨지 못하고 상자 속 어둠이 세상의 전부인 줄로만 알던 송아지들은 얼마 뒤 도축돼 고급 레스토랑의 우아한 테이블에 올려졌다. 남자가 아이들을 사육하는 것은 이것과 크게 다를 바 없었다. 옳은 일이라고 할 수는 없지만, 이미 세상에 속한 수많은 인간들이 벌이고 있는 일 아닌가. 그런데 왜 어떤 일은 되고, 어떤 일은 안 되는가. 언제나 칼자루를 쥔 쪽이 해도 되는 것과 그렇지 않은 것의 기준을 정했고, 인간은 자기 이익을 위해서라면 얼마든지 잔인해질 수 있는 존재였다.

잔인한 존재였지만, 선생을 보내고 혼자 작업하면서 남자는 가끔 외로움을 느꼈다. 선생이 작업 전에 약을 했던 이유를 조금은 이해할 것도 같았다. 남자는 약 대신 술에 의지했다. 작업하기 전날 밤, 그리고 작업을 끝낸 뒤에는 반드시 술이 필요했다. 다만 엉망이 될 정도로 마시지는 않았다. 외로움을 잊되 작업할 때 실수하지 않을 만큼, 딱 그만큼만 마셨다. 시간이 흘러 아이를 발견했을 때, 남자는 자신이 기억하지 못하는 오래전의 그 소년을 만난 기분이었고 그날 밤 침대에 누워 조용히 울음을 터뜨렸다.

아이는 자신이 선택받은 이유를 알지 못했다. 남자가 살아온 시간들도 알 리 없었다. 알람이 울리면 지하실에 내려가 배식을 하고 남자가 작업할 때면 옆에서 성실하게 일을 도왔지만, 아이가 가장 좋아하는 시간은 이렇게 도우너와 나무 아래 앉아 있을 때였다.

"어어."

도우너가 만화책에 나오는 '도우너'를 가리켰다.

"그래, 이게 너야, 너. 도우너."

아이가 손가락으로 도우너의 볼록한 배를 콕 찌르자 도우너가 까르르 웃음을 터뜨렸다.

*

"아, 진짜 없다니까."

남자가 테이블에 젓가락을 던지듯 내려놓았다. 그 소리에 놀란 도우너가 어깨를 움츠렸다. 아이가 남자의 표정을 살피면서 도우너의 등을 쓸어주었다. 남자가 답답하다는 듯 휴대전화를 잠시 귀에서 떼고 작게 욕설을 내뱉었다.

"그게 유일한 물건이었다니까. 그때 내가 고객 좀 찾아달라고 그렇게 부탁했는데, 그땐 없던 사람이 갑자기……."

남자는 말을 멈추고 한숨을 내쉬었다. 사실 화를 낼 일이 아니었다. 어쩔 수 없는 일이었다는 걸 누구보다 잘 알고 있었다. 도우너에게 물에 헹군 라면을 먹이며 아이는 통화 내용에 귀를 기울였다. 얼마 전에 통째로 버려야 했던, 희귀한 혈액형을 가진 물건에 관한 얘기라는 걸 금세 눈치챘다.

"뭐? 얼마나 준다고?"

남자는 한동안 말이 없었다. 침묵이 아이를 긴장하게 만들었다. 도우녀가 라면을 달라고 아이의 옷자락을 잡아 끌었다. 아이가 반응이 없자 도우녀는 입을 크게 벌리고 손가락으로 자기 입을 가리키며 "어어" 했다.

"사실 하나 있기는 해."

남자가 목소리를 낮췄다.

"문제는, 물건이 영 시원찮다는 거야. 품질은 보장 못 해."

어떤 물건을 말하는 거지. 아이는 무슨 말을 하는지 듣기 위해 신경을 곤두세웠다.

"지금까지 큰 문제 없이 살기는 했지…… 그래…… 뭐, 일단 조건이 맞는지부터 확인해봐야 하니까."

띄엄띄엄 들려오는 말들이 퍼즐 조각 같았다. 시간이 실제보다 더 길게 느껴졌다. 아이의 심장이 점점 빠르게 뛰었다.

"그래, 알았어. 결정되면 연락 줘."

남자가 전화를 끊었다. 남자는 그 자세 그대로 돌덩이처럼 앉아 있었다. 물건의 질이 나쁘더라도 크게 문제되지

는 않을 것이다. 불법으로 이식받는 사람들은 지푸라기라
도 잡는 심정으로, 아픈 가족을 위해 할 수 있는 일이라면
무엇이든 해보겠다는 간절함으로 마지막 희망을 안고 브로
커에게 연락한다는 걸 남자는 잘 알고 있었다. 사실 그들에
게는 수술을 시도하는 것 자체가 위안이었다. 함께 일하는
의사도 실력이 좋은 편이었다. 하지만, 브로커든 의사든 섣
불리 '성공할 확률'이 높다는 말을 입에 올리지 않았다. 대
신 그들의 간절함을 이용해 스스로 '실패해도 책임을 묻지
않겠다'는 각서를 쓰게 만들었다.

마침내 남자가 고개를 들었다.
천천히 고개를 돌린 남자의 시선 끝에 도우너가 있었
다.
아이는 본능적으로 도우너를 끌어안았다.

*

이제 막 붉게 물들기 시작한 단풍잎 사이로 남자가 보
였다.
아이는 재빨리 나무에서 뛰어내렸다. 오늘 남자는 차를

두고 산 아래로 내려갔다. 그리고 30분도 안 돼 집으로 돌아왔다.

"마당에서 놀고 있었구나."

남자가 아이를 발견하고 걸음을 멈췄다. 남자는 소주와 안줏거리, 아이스크림이 든 비닐봉지를 들고 있었다.

"도우너는 아직 낮잠 자고 있니?"

아이가 고개를 끄덕였다. 남자는 말없이 아이를 바라보다 아이 쪽으로 천천히 걸어왔다. 무릎을 구부리고 앉아 비닐봉지에서 아이스크림을 꺼낸 다음 포장지를 벗겨 아이에게 내밀었다. 아이는 아이스크림을 손에 쥐고 있을 뿐 먹을 생각을 하지 않았다.

"너는 착한 아이지?"

아이가 마지못해 고개를 끄덕였다.

"그래."

남자가 아이의 머리를 부드럽게 쓰다듬었다.

"나도 쉽지는 않단다."

아이는 눈을 내리깔고 있을 뿐 아무 말이 없었다. 남자도 딱히 할 말을 찾지 못해 아이의 길고 진한 속눈썹만 바라봤다. 어린 시절, 남자는 만화책 외에 뭔가를 소유해본 적이 없었으므로 잃은 것도 없었다. 지금 남자는 아이의 마음이 어떨지 쉽게 짐작하기 어려웠다. 아이가 마음에 걸려 거래를 포기할까 고민했던 것도 사실이지만, 도우너는 사내아이였다. '쓸모없는 물건'이 자라면서 덩치가 점점 커지면 그 또한 골치 아픈 일이 될 게 분명했다. 언젠가 아이도 남자의 결정을 이해하게 될 날이 올 것이다.

"이건 냉장고에 넣어둘 테니 이따 도우너 일어나면 같이 먹어라."

소리 나지 않게 한숨을 쉬고 남자가 집 안으로 들어갔다.

마당에 혼자 남은 아이는 그대로 한참을 서 있었다. 아이스크림이 녹아 손등을 타고 바닥으로 뚝뚝 떨어졌다.

*

알람이 울렸다.

아이는 요란하게 울리는 시계를 끄고 새로 알람을 맞춘 뒤 주방으로 걸음을 옮겼다. 커다란 솥에서 죽을 떠 주전자에 옮겨 담고, 플라스틱 그릇이 담긴 바구니를 들고 남자에게 다가갔다. 남자가 TV에 시선을 고정한 채로 열쇠 꾸러미를 내밀었다.

아이는 지하실로 내려가 4번 방 문을 열었다. 누워 있던 아이들이 음식 냄새를 맡고 몸을 일으켰다. 아이는 그릇을 가지런히 모아두고 주전자를 기울여 죽을 따랐다. 아이가 손짓하자 아이들이 그릇을 들고 허겁지겁 죽을 넘겼다. 아이는 수돗물을 틀고 오줌과 똥을 치웠다. 청소를 끝내고 소독약을 뿌리는 것도 잊지 않았다.

빈 그릇을 챙겨 들고 아이는 4번 방 문을 소리 나지 않게 닫았다. 계단 쪽으로 고개를 기울이고 위층에서 들려오는 소리가 없는지 확인했다. 조용했다. 아이는 자물쇠에 열쇠를 넣고 천천히 돌렸다. 손에서 땀이 나는 바람에 두 번에 나눠 잠가야 했다.

아이는 주전자와 바구니를 들고 계단 쪽으로 향했다. 바닥에 발을 내려놓을 때마다 소리가 나지 않도록 신경 썼다. 계단 앞에서 걸음을 멈추고 위쪽을 살폈다. 배식할 때 남자가 지하실에 내려온 적은 한 번도 없지만, 어디선가 발소리가 들리는 것 같아 자꾸만 주위를 돌아봤다. 아이는 숨을 크게 들이마시고 1번 방 앞으로 다가갔다. 주전자와 바구니를 내려놓고 손바닥을 옷에 쓱 문질러 땀을 닦은 다음 숫자 '1'이 적힌 열쇠를 골라 자물쇠에 밀어 넣었다. 열쇠를 한 바퀴 돌리자 철컥 소리와 함께 자물쇠가 벌어졌다. 아이는 반사적으로 계단을 돌아봤다. 등 뒤엔 빛이라고 하기에는 어둠과 더 가까운 희미한 전등불이 있을 뿐이었다.

아이는 마치 처음 들어온 것처럼 방 안에 멍하니 서 있었다. 아이는 자신이 해야 할 일을 정확히 알고 있었다. 1번 약과 2번 약을 챙긴 다음 방에서 나가는 것. 그리 어려운 일이 아니었다. 그럼에도 아이는 처음 이곳에 들어왔을 때처럼 눈을 크게 뜨고 방 안을 둘러봤다. 남자의 얼굴이 떠오르자 단숨에 나무 꼭대기에 올라갔을 때처럼 심장이 빠르게 뛰었다. 이대로 뒷걸음질 쳐 문을 잠그면 아무 일도 일어나지 않을 것이다.

아이는 벽에 걸린 화이트보드를 바라봤다. 내일 날짜에 '8AM'이라고 적혀 있었다. 물건의 번호는 적혀 있지 않았다. 아이는 작업대로 시선을 옮겼다. 지금 아무것도 하지 않는다면 내일 아침 8시에 도우녀가 바로 여기, 차가운 작업대 위에 눕게 될 것이다. 그다음에 어떤 일들이 벌어질지 아이는 누구보다 잘 알고 있었다.

보드라운 머리칼.

늘 침이 묻어 있어 끈끈한 입가. 그 입으로 뽀뽀할 때의 온기. 달콤한 냄새.

통통하고 따스한 손.

그리고, "어어" 하고 말할 때 동그래지는 눈.

도우너를 향한 감정이 무엇인지 설명할 수 없었지만, 한 가지 사실만은 분명했다. 도우너는 아이가 돌보고 지켜야 할 작고 약한 존재였다.

아이는 서둘러 1번 약과 2번 약을 챙겨 밖으로 나왔다. 약을 주전자 안에 감추고 바구니를 챙겨 자리를 뜨려다가 다시 내려놓았다. 하마터면 문 잠그는 일을 깜빡 잊을 뻔했다는 생각에 가슴이 철렁 내려앉았다. 떨리는 손으로 자물쇠를 잠근 뒤 짐을 챙겨 계단을 올랐다. 하루에도 몇 번씩 오르내리는 계단인데, 모서리에 자꾸만 발등을 부딪혔다. 아이는 비밀스러운 옷장을 통과해 남자의 방을 지나 거실로 나갔다. 바닥에 아무렇게나 누워 TV를 보던 도우너가 아이를 돌아보며 씨익 웃었다. 아이는 주전자를 든 손에 힘을 주었다. 주방에 주전자와 바구니를 내려놓고 남자에게 다가가 열쇠 꾸러미를 건넸다. 남자가 열쇠를 받아 주머니에 넣어두었다.

"개밥 주고 올게요."

아이는 주전자를 들고 밖으로 나갔다. 뒷마당에 가자 뜬장에 갇힌 개들이 아이 손에 들린 주전자를 바라보며 코를 벌름거렸다. 아이는 사료 포대 앞에 쭈그리고 앉아 주위를 살폈다. 아무도 없는 것을 확인하고 주전자 뚜껑을 열었다. 평소대로라면 남은 죽과 사료를 섞어 개들에게 줬겠지만, 오늘은 죽 대신 다른 것이 들어 있었다. 아이는 안에 숨겨놓은 약을 꺼냈다. 사료 포대를 열고 약을 넣은 다음 입구를 단단히 봉했다. 그제야 다리에 힘이 풀렸다. 아이는 개들에게 사료를 줘야 하는 것도 잊고 바닥에 주저앉았다. 개들은 소리도 내지 못하고 침만 뚝뚝 흘렸다.

남자는 해가 질 무렵부터 술을 마셨다. 작업하기 전날 밤이면 늘 그렇듯 TV 앞에 앉아 말없이 화면을 응시하다 이따금 뜨거운 국물을 마시고, 마른안주를 씹고, 잔에 따른 소주를 한 번에 삼켰다.

아이는 소파 근처에 앉아 있었다. 남자가 부르면 재깍 움직이기 위해서였다. 국물이 식으면 다시 데워 오고, 안주 접시를 채우는 것이 아이의 일이었다. 평소 같으면 TV를 보다 깜빡 졸기도 했겠지만, 오늘은 지루함을 느끼지 못했다. 시선만 TV에 머물 뿐 머릿속은 다른 생각으로 가득했다. 종종 아이는 테이블에 놓인 시계를 쳐다봤다. 5번 방 알람이 울릴 시간이 가까워지고 있었다. 머릿속에서 초침 소리가 울렸다. 심장은 초침보다 더 빠르게 뛰었다.

남자가 젓가락을 거칠게 내려놓았다. 그 소리에 놀라 아이는 흠칫 몸을 떨었다. 남자는 짜증스러운 듯 고개를 좌우로 천천히 돌렸다. 한쪽에서만 우두둑하는 소리가 들렸다. TV에선 축구 경기가 한창이었다. 남자가 유일하게 열광하는 것이었다. 화면 속에서 사람들은 공을 따라 이리저리 뛰어다녔다. 전부터 아이는 공이 갖고 싶었다. 공은 천천히도 굴렀고 빠르게도 굴렀다. 통통 튀어 오르기도 했다. 저 동그란 것을 도우녀에게 주면 무척이나 좋아할 듯 싶었다. 도우녀는 일찌감치 잠자리에 들었다. 남자가 시킨 일이었다. 이른 저녁을 먹고 나서 며칠 전 남자가 사 온 아이스크림을 두 개나 먹고 잠이 들었다. 냉동실에는 아이스크림이 몇 개 더 있었지만 아이는 손도 대지 않았다. 달콤한 것을 먹으면 그 대가로 도우녀를 영영 빼앗길 것만 같았다. 도우녀가 아이스크림을 입에 물던 순간, 왜 그랬는지 아이는 오렌지주스를 마시던 '물건'들이 떠올랐다. 처음이자 마지막으로 맛본 달콤함에 취해 황홀한 표정으로 잠들어가던 아이들. 생각이 거기에 닿자 아이는 초조해져 시계를 바라봤다.

TV 속 관중들이 함성을 터뜨렸다. 남자가 욕설을 내뱉었다. 응원하는 팀이 실책을 한 모양이었다. 화면에 선수들의 얼굴이 크게 잡혔다. 서로 다른 색 유니폼을 입고 있는 사람들이 금방이라도 몸싸움을 일으킬 것처럼 대치 중이 었다.

그 순간, 알람이 울렸다.

아이는 마른침을 삼켰다. 이제 남자가 알람을 끄고 자리에서 일어날 것이다.

남자는 화면에 시선을 고정한 채 꼼짝도 하지 않았다. 알람 소리가 요란하게 이어졌다. 그 소리가 들리지 않는지 남자는 신경도 쓰지 않고 TV를 향해 손가락질했다. 아이는 슬그머니 자리에서 일어나 알람을 껐다. 시간이 됐다는 걸 알려주기 위해 눈치를 살폈지만 적당한 때를 찾지 못했다. 작은 심장이 더 빠르게 뛰기 시작했다. 평소대로 남자가 5번 방에 내려가야 한다. 그래야 생각해두었던 일들을 차례대로 실행할 수 있다. 하지만 남자는 소파에 앉아 축구 경기에만 집중하고 있었다.

"좌측! 좌측이 비었잖아!"

남자가 자리에서 벌떡 일어나 허리춤에 손을 얹었다.

"막아! 막아!"

화면에서 눈을 떼지 않으며 남자는 언성을 높였다. 꽉 말아 쥔 주먹이 허공을 날아다녔다. 아이는 손가락을 잘근

잘근 씹었다. 계획이 어그러질까 불안했다. 6번 방 배식은
이미 끝났고, 남자가 5번 방에 다녀오는 시간이 아이가 잠
을 수 있는 유일한 기회였다.

"그렇지!"

남자가 환호했다. 성난 주먹도 부드럽게 풀렸다. 한동안
화면을 응시하던 남자가 주방으로 향했다. 죽과 그릇을 챙
겨 배식 준비를 마치고 방으로 들어가다가 걸음을 멈췄다.

"국물 좀 데워놔라."

남자가 방으로 들어가 옷장 문을 열고 비밀의 통로로
사라지자 아이는 참았던 숨을 터뜨렸다. 안도하는 것도 잠
시, 아이는 서둘러 테이블에 놓인 냄비를 들고 주방으로 가
가스레인지에 올렸다. 밸브를 열고 점화 손잡이를 돌렸다.
불이 붙지 않았다. 손잡이를 원위치했다 다시 돌리자 펑 소
리와 함께 파란불이 올라왔다. 아이는 남자의 방을 쓱 돌아
본 뒤 현관으로 달려갔다. 소리 나지 않게 문을 열고 밖으
로 나갔다. 다리가 후들거려 넘어질 것만 같았다. 겨우 뒷
마당으로 달려가 사료 포대 안에 숨겨둔 약을 꺼냈다. 뜬장
안의 개들이 충혈된 눈으로 조용히 아이를 지켜봤다.

아이는 현관문 틈에 고개를 들이밀고 남자의 방을 주시
하며 귀를 기울였다. 조용했다. 아이는 안으로 들어와 소리

나지 않게 문을 닫고 곧장 테이블로 향했다.

첫째. 소주병에 1번 약을 따른다. 뚜껑에 가득, 두 번.

아이는 주문을 외우듯 중얼거리며 약을 따랐다. 손이 떨려 뚜껑 밖으로 약이 흘렀다. 바닥으로 떨어지는 액체들이 아이를 더욱 긴장하게 만들었다. 겨우 뚜껑을 가득 채우고 아이는 소주병 안에 조심스럽게 약을 흘려 넣었다. 그리고 같은 일을 한 번 더 반복했다. 부족하지 않을까. 간혹 두 번으로 잠이 들지 않는 아이들이 있었다. 잠시 망설이던 아이는 다시 한번 뚜껑에 약을 따른 다음 소주병에 넣고 잘 섞었다. 소주병 밖으로 흐른 액체를 옷으로 문질러 닦은 뒤 다락에 올라가 미리 챙겨둔 가방 안에 약병을 모두 숨겼다. 그리고 내내 앉아 있던 자리로 돌아와 TV에 시선을 고정했다.

아이는 머릿속으로 순서를 되뇌었다.

둘째. 남자가 잠이 들면 2번 약을 입안에 흘려 넣는다.

셋째. 남자의 심장이 멎으면 열쇠를 꺼낸다.

넷째……

그때 남자가 돌아왔다. 평소보다 서둘러 일을 마치고 온 것이 분명했다. 남자는 TV에 시선을 고정한 채 빈 그릇을 내려놓고 소파에 앉았다. 마른안주를 집어 입에 넣고 축구 경기에 집중했다. 아이는 조금 떨어진 곳에 앉아 남자

의 행동을 지켜봤다. 남자가 움직일 때면 숨을 멈췄고, 남자
가 움직임을 멈추면 조용히 숨을 내쉬었다. 마침내 남자의
손이 소주병으로 향했다. 빈 잔에 술을 따르고 소주잔을 든
다음 입가로 가져갔다. 그러나 마른안주를 질겅거리는 입
술은 좀처럼 벌어지지 않았다. 아이는 자세를 바꿔 앉았다.
첫 번째 계획이 성공해야 두 번째 계획을 실행할 수 있었
다. 그리고 첫 번째 계획보다 두 번째 계획이 더 중요했다.
남자의 심장이 멈추지 않으면 그땐 남자가 도우녀는 물론
아이까지 죽일 것이다.

남자가 입안에 든 것들을 목구멍 안으로 밀어 넣었다.
감탄사를 내뱉으며 혼잣말을 중얼거리던 남자가 입가심하
듯 소주를 한입에 털어 넣었다. 아이는 참았던 숨을 가늘게
내뱉었다. 5번 방 배식까지 모두 마치고 하루 일과를 끝냈
기 때문인지 남자는 다시 잔을 채우고 속도를 내 술을 마셨
다. 그럼에도 남자는 좀처럼 잠이 들지 않았다. 약을 더 넣
었어야 했을까. 아이는 슬슬 불안해졌다. TV에서 눈을 떼
지 않던 남자가 아이를 돌아봤다.

"이게 무슨 냄새……."

말을 다 마치기도 전에 남자가 휘청거리며 일어났다.
아이는 겁에 질려 한 걸음 물러섰다. 남자가 손가락으로 무

언가를 가리키며 다가왔다. 남자의 걸음만큼 아이는 뒷걸음질 쳤다. 둔하게 움직이던 남자가 걸음을 멈추고 손으로 이마를 짚었다. 그리고 눈을 끔뻑거리다 그대로 쓰러졌다.

아이는 제자리에서 꼼짝도 하지 않았다.

잠이 든 걸까.

남자를 신경 쓰느라 아이는 냄비가 타오르는 것을 눈치채지 못했다. 바닥에 받침이 들러붙은 채로 가스레인지에 올려진 냄비는 쉽게 불이 붙었다. 불길이 높이 치솟으며 커튼에 옮겨붙었다. 등 뒤에서 불길이 번지는 것도 모르고 아이는 남자만 지켜보고 있었다. 남자는 움직이지 않았다. 아이는 용기를 내 한 발, 한 발 남자에게 다가갔다. 아이에게 남자는 좋은 사람도 아니었고, 나쁜 사람도 아니었다. 아이의 짧은 생을 함께한 유일한 어른이었고, 아이에게 밥을 준 사람이었다. 아이에게 남자는 그저 남자일 뿐이었다. 지금, 아이가 남자에게 약을 먹인 이유는 딱 한 가지였다. 남자가 죽어야 도우너가 산다.

남자는 모로 누워 꼼짝도 하지 않았다. 하지만 완전히 잠이 든 상태도 아니었다. 무거운 눈꺼풀을 겨우 밀어 올리며 멍한 눈으로 아이를 바라봤다. 뭔가 할 말이 있는 듯 입을 움직였다. 아이는 남자의 입술을 보며 말을 배웠을 때처럼 그 의미를 찾아보려 했으나 쉽지 않았다. 무엇보다 한가하게 앉아 있을 때가 아니었다. 이대로 있다가는 남자가 완전히 깨어날지도 몰랐다. 아이는 다락으로 올라갔다. 이제 2번 약을 쓸 차례였다. 약을 들고 다락에서 내려오던 아이는 그제야 불길을 발견했다. 불길은 가건물이나 다름없는 집을 금세 집어삼켰다. 그새 주방 바닥을 태우고, 벽을 타고 몸집을 키우며 남자의 방문까지 옮겨붙었다. 그것은 마치 살아 있는 짐승처럼 움직였다. 아이는 몸을 떨었다. 오줌을 쌀 것만 같았다. 매캐한 연기에 눈이 매웠다. 자꾸 기침이 나왔다. 아이는 다시 다락으로 올라가 도우너를 깨웠다. 가방을 등에 메고 도우너를 재촉해 다락에서 내려왔다. 현관문을 열고 도우너를 내보낸 뒤, 아이는 남자에게 다가갔다. 남자가 흐릿한 눈빛으로 아이를 바라봤다. 어쩌면 눈을 뜨고 잠이 든 건지도 몰랐다. 불길이 점점 거세지고 있었다.

이대로 달아날까.

아이는 생각했다. 하지만 아직 남은 일이 있었다. 남자에게 2번 약을 먹이는 일. 남자의 주머니에서 열쇠를 찾는 일. 마지막으로 지하실에 내려가 철문을 열어주는 일. 남자가 죽고 아이와 도우너가 떠난 집에 갇혀 있으면 '물건'들은 밥을 먹지 못하고 모두 굶어 죽게 될 것이다. 어쩐지 그

아이

렇게 두면 안 될 것 같았다.

　마음이 급해 아이는 남자의 바지 주머니부터 뒤졌다. 주머니는 텅 비어 있었다. 아이는 다른 쪽 주머니를 뒤지기 위해 남자의 상체를 힘껏 밀었다. 커다란 몸뚱이가 쿵 소리를 내며 바닥에 바로 누웠다. 주머니에 손을 넣으려는 순간 남자의 손이 아이의 손목을 힘없이 잡았다. 깜짝 놀란 아이가 비명도 지르지 못하고 뒤로 넘어졌다. 아이는 남자를 발로 밀어냈다. 밀려나는 것은 오히려 아이 쪽이었다. 아이는 다시 열쇠를 찾을 엄두가 나지 않았다. 남자의 방을 돌아봤다. 이미 불길에 가로막혀 들어갈 수 없었다. 이제 열쇠를 꺼낸다 해도 지하실에 내려갈 수 없었다. 밖에서 도우너의 울음소리가 들렸다. 아이는 그대로 일어나 현관으로 달렸다. 남자에게 2번 약까지 먹이려던 계획도, 지하실의 아이들을 꺼내주려던 계획도 모두 포기한 채 밖으로 빠져나왔다. 도우너의 손을 잡고 도망치려다 아이는 걸음을 멈췄다.

　"여기 꼼짝 말고 있어!"

　도우너에게 말하고 아이는 뒷마당으로 달려갔다. 개들은 서로 몸을 맞대고 앉아 벌벌 떨고 있었다. 아이는 뜬장문을 열고 소리쳤다.

　"나와! 나오라고!"

개들은 뜬장 안쪽으로 더 깊이 숨어들었다.

"나와, 이 바보들아! 빨리 도망치라고!"

아이는 불길에 휩싸인 집을 바라보다 뜬장 안에 손을 넣어 개들을 끌어당겼다. 창문에서 뿜어대는 연기 때문에 숨을 쉴 수 없었다.

"어엉엉."

겁에 질린 도우녀가 아이를 따라 뒷마당으로 걸어왔다. 도우녀는 얼굴이 빨개지도록 울어댔다. 아이는 마음이 더 급해졌다. 뜬장에 기어들어가다시피 해 개들을 잡아끌었다. 여린 살이 철창에 긁혀 피가 났다. 밖에 끌려 나온 개들 중 몇 마리가 나무 사이로 달아났다. 몇 마리는 바닥에 주저앉아 오줌을 지렸다. 아이가 막대기를 주워 휘두르자 그제야 뛸 수 있다는 걸 깨달은 듯 멀리 달아났다. 몇 마리는 여전히 뜬장에서 꼼짝도 하지 않았다. 이제 아이에게도 시간이 없었다. 매운 연기에 눈을 뜨기 쉽지 않아 아이는 서둘러 도우녀의 손을 잡았다. 뜬장 문을 활짝 열어두고 아이는 앞마당으로 향했다. '개조심'이라고 써둔 입간판을 지나 바깥세상으로 이어지는 길에 발을 디뎠다. 낯선 세상이 두려워 눈물이 나려는 걸 애써 참고, 아이는 도우녀의 손을 잡아끌었다. 나무 사이로 난 길을 따라 달렸다. 뒤뚱거리며 달리는 도우너 때문에 속도 내기가 쉽지 않았다. 남자가 차를 몰고 다니던 길, 술을 사러 내려가던 길이었다. 남자의 걸음이라면 큰길에 닿을 때까지 5분 정도 걸렸지만, 제 발 사이즈보다 커다란 슬리퍼를 신고 있는 아이와 도우너에게는 멀고 험한 길이었다.

한참을 내려가다 아이는 뒤를 돌아봤다. 나무 사이로 아이가 태어나고 자란 집이 보였다. 집은 절정을 이룬 단풍처럼 붉게 타오르고 있었다. 거실 바닥에 누워 있던 남자가 떠올랐다. 남자는 죽었을까. 어쩌면 잠에서 깨어나 집 밖으로 빠져나왔을지도 몰랐다. 아이는 아주 먼 곳으로 달아나야 했다. 그러기 위해선 서둘러야 했다. 하지만 발길이 쉽게 떨어지지 않았다. 눈앞에 지하실의 아이들이 어른거렸다. 가슴 가장 깊은 곳에서 뜨겁고 물컹한 것이 꿈틀댔다. 그것은 점점 더 깊숙한 곳으로 파고들었다. 오랫동안 마비되어 있던 감각이 풀리며 참아왔던 모든 것들이 한꺼번에 쏟아졌다. 아이가 기억하지 못하는 어린 시절에 각인된 어둠부터 남자의 일을 도와 지하실에 드나들었던 일들, 1번 방에서 목격한 장면들, 그리고 아이들의 눈빛들. 어지러웠다.

아이는 눈물을 삼켰다. 불타오르는 집에서 시선을 돌려 반대쪽을 바라봤다. 매일 나무에 올라 바라보던 세상.

까맣게 빛나는 눈동자 안에 가보지 못한 세계가 가득 담겨 있었다.

아이는 짐이 가득 든 가방을 단단히 멨다. 도우너를 잡은 손에 힘을 줬다. 머뭇거리던 발걸음을 떼고 바깥세상을 향해 다시 달리기 시작했다.

유나

까맣고 커다란 곤충이 날아왔다.

유나는 몸을 일으키고 방충망에 붙은 그것이 무엇인지 골똘히 쳐다봤다. 여섯 개의 다리로 격자망을 단단히 붙잡고 매달린 그것이 소리 내어 울기 시작했다. 맴맴 같기도 하고 왱왱 같기도 한 울음.

"매미."

유나가 정답을 외치듯 중얼거리며 방충망으로 다가갔다. 손을 높이 뻗어도 매미가 앉은 곳에 닿지 않았다. 여섯 살 중에서도 키가 작은 편에 속하는 유나는 세탁기 옆에 놓인 간이의자를 끌어 창문 아래로 옮겼다. 벽에 손을 짚고 의자에 올라가 아슬아슬하게 몸을 세웠다. 이제 매미가 더 잘 보였다. 얼굴을 가까이 대고 마주 봐도 매미는 꿈쩍도 하지 않았다. 유나는 조심스럽게 손가락을 뻗어 매미의 다리를 건드렸다. 곤충은 잠시 날개를 파르르 떨었을 뿐 그대로 앉아 있었다. 유나가 웃음을 터뜨렸다.

창문 너머로 파란 하늘이 꽉 차 있었다. 주변에는 유나네 집과 비슷한 3층짜리 다세대주택이 몇 채 있고, 그 외에는 단층으로 지은 집들이 대부분이어서 창밖을 내다볼 때 건물이 차지하는 면적보다 하늘이 차지하는 면적이 훨씬 더 많았다. 세상 모든 것들이 고유의 색깔을 선명하게 뽐어내는 맑은 여름날이었지만, 북쪽으로 창이 난 다용도실은 시원하기보다 서늘하고 축축한 기분이었다.

다용도실에서 여섯 살 유나가 할 수 있는 건 많지 않다. 이곳엔 장난감도 없었고 종이와 색연필도 없었다. 유나가 할 수 있는 건 차가운 타일 바닥에 누워 잠을 자거나 간이의자에 올라가 창밖을 내다보는 일이었다. 가끔 작은 새들이 날아와 창틀에 앉았다 갈 때도 있었다. 그런 날이면 다시 새들이 날아오지 않을까 기대하며 오래도록 창가에 서 있었다.

유나가 다시 손가락을 뻗어 매미 다리를 쓰다듬었다. 그때 매미가 포르르 날아가버렸다. 순식간의 일이었다.

"어?"

유나는 어느 방향으로 날아갔는지조차 알 수 없는 매미

를 찾아 두리번거렸다. 방충망에 이마를 바짝 붙이고 둘러봐도 매미는 보이지 않았다. 서운했다. 이제 다시 혼자였다. 까만 눈동자 위로 그렁그렁 눈물이 차올랐다.

*

오늘도 유나는 다용도실에서 깨어났다. 아침인지 낮인지 알 수 없었지만, 날은 맑았다.

유나는 바닥에 깔고 잤던 빨랫감을 다시 바구니 안에 넣어두고 수챗구멍 옆에 쪼그리고 앉아 오줌을 쌌다. 다 싼 뒤에는 수도를 틀어 깨끗이 청소했다. 그러지 않으면 냄새가 난다며 이모가 때렸다. 청소를 마친 다음 호스 끝에 입을 대고 물을 마셨다. 갈증과 허기가 동시에 해결됐다. 이모는 먹던 음식이 남았을 때만 다용도실 문을 열고 먹을 것을 주었다. 어떤 날은 치킨, 어떤 날은 피자였는데, 유나에게 돌아오는 것들은 대부분 알맹이 없는 튀김옷이나 살코기가 거의 남지 않은 뼈, 피자 도우 가장자리 같은 것들이었다. 유나는 배가 고플 때 혼자서 '뭐 먹고 싶어' 놀이를 했다. 스스로 "유나야, 뭐 먹고 싶어?" 물은 다음, 먹고 싶은 음식을 하나씩 말하는 놀이였다.

얼마 전까지 유나도 방에서 지냈다. 유나가 다섯 살 때였을까. 아니, 네 살 때였을까. 지금 유나는 자기 나이도 제대로 알지 못했다. 예전에는 해가 바뀔 때마다 엄마나 아빠가 새 나이를 알려줬고 누구든 나이를 물어보면 큰 소리로 대답할 수 있었는데, 이제 누가 몇 살이냐고 물어본다면 제대로 알려줄 자신이 없었다. 유나가 자기 나이를 알던 시절에는 엄마, 아빠, 언니까지 다 같이 함께 살았다. 엄마와 아빠가 헤어지고, 유나는 아빠, 언니와 함께 이곳으로 이사 왔다. 엄마와는 가끔 전화 통화만 했는데 그마저도 끊긴 지 오래됐다. 새로운 동네로 이사 오고 얼마 뒤 아빠가 여자친구를 집에 데려왔다.

"밖에선 엄마라고 부르고, 집에선 이모라고 불러."

여자가 말했다.

유나도, 유나의 언니 한나도 여자를 부를 일이 별로 없었다. 여자도 아이들을 부르는 일이 거의 없었다. 서로 얘기할 일이 없었던 것. 어쩌면 한나가 실수한 이유는 그 때문인지도 몰랐다. 여자가 처음 어린이집에 찾아온 날이었다.

"이모."

선생님과 얘기를 나누던 여자를 발견하고 한나가 말했다. 감정을 숨기지 못하는 여자는 입을 꾹 다물고 아무 말도 하지 않았다. 당황하기는 선생님도 마찬가지였다. 집에 돌아온 여자는 남자친구에게 전화를 걸었다.

"내가 아무리 잘하려고 노력하면 뭘 해? 오빠, 쟤 진짜 일부러 그러는 것 같아."

여자는 '그때 선생님 표정이 어땠는 줄 아냐'는 말을 덧붙였고, '저 쬐끄만 것까지 나를 무시하니 도저히 창피해서 살 수가 없다'는 말을 끝으로 울음을 터뜨렸다. 아빠는 퇴근해서 집에 오자마자 여자를 달래주었고 그래도 여자가 마음을 풀지 않자 한나를 혼냈다. 여자에게 '이모'라고 한 다음 날부터 한나는 어린이집에 가지 못했다. 유나도 마찬가지였다.

어린이집 대신 아이들은 방에서 저희들끼리 시간을 보냈다. 그 작은 방에서 아이들은 봄을 맞았다. 둘이서 그림도 그리고, 인형 놀이도 하고, 그림책도 읽었다. 여름에 아이스크림을 사 먹으러 밖에 나가지도 못하고, 미용실이나 치과에도 가지 못하고 집에서만 지냈지만 둘이니까 뭐든 재미있었다. 다만 방문을 열고 거실에 나가는 일은 눈치가 보였다.

"언니 나 배고파."

유나가 말하면 한나는 방문을 슬쩍 열고 거실을 살폈

다. 여자가 소파에 누워 TV를 보거나 햇살이 잘 드는 베란다 앞에 쭈그리고 앉아 발톱을 깎거나 할 때는 조용히 문을 닫았다. 한나는 거실에 아무도 없을 때만 살금살금 주방으로 걸어가 냉장고를 뒤졌다.

"오빠, 내가 정말 쟤 때문에 못 살겠어. 뒤통수가 싸늘해서 돌아보면 방문 열고 날 쩨려보고 있다니까. 내가 몇 번을 놀랐는지 알아? 게다가 식탐은 또 얼마나 많은지. 나 솔직히 쟤 좀 징그러워. 아니, 무서워."

여자는 한나에 대해서만 불만을 쏟아놓았고, 그때마다 아빠는 한나를 혼냈다. 처음에는 소리만 질렀는데, 비슷한 일이 반복되면서 손찌검으로 이어졌다. 아빠는 한나를 때리고 거실로 끌고 가 여자에게 잘못을 빌게 했다. 겁에 질린 한나가 오줌을 싸면 다시 매질이 시작됐다.

한번은 한나와 유나 둘이 냉장고 문을 열고 먹을 것을 찾다가 유나가 반찬 그릇을 깬 적이 있었다. 여자가 부엌으로 달려와 누가 그랬냐고 묻지도 않고 한나의 뺨을 때리고 소리를 질렀다. 한나에게 깨진 그릇과 사방으로 흩어진 반찬을 치우라고 시킨 뒤 벌을 세웠다. 한나는 두 팔을 번쩍 들고 아빠가 집에 올 때까지 벌을 섰다. 유나는 겁에 질린 채로 방에 숨어 문틈으로 언니를 지켜봤다. 유나와 눈이 마주치자 한나가 씩 웃었다. 그리고 입술만 움직여 "괜찮아"라고 말했다. 언니가 뭐라고 하는 건지 알아듣지는 못했지만, '괜찮아'라고 발음하는 입 모양을 보고 유나는 언니가 입술로 별을 그리는 것 같다고 생각했다. 그래서 조금은 마음이 놓였다.

이제 언니는 없었다.

아니, 언니는 여전히 있었다.

하지만 이제 언니와 얘기할 수도, 같이 놀 수도 없었다.

수돗물을 마셔 볼록해진 배로 유나는 멍하니 앉아 있었다. 아무도 없고, 아무것도 할 게 없는 다용도실에서 다시 유나의 긴 하루가 시작되었다.

*

어느 것이 마지막 울음이었는지 모르게 매미들이 사라졌다. 아침저녁으로 공기가 쌀쌀해지며 풀벌레들이 울기 시작했다.

유나는 이불 대신 덮은 빨랫감 속에서 빠져나올 생각을 하지 않았다. 다용도실로 쫓겨난 것이 봄이었나 여름이었나. 유나는 알지 못했다. 얇은 티셔츠에 반바지 차림으로

쫓겨났기에 앞으로 다용도실에서 생활하기가 더 쉽지 않을
거라는 사실도 알지 못했다.

유나는 오줌이 마려운 것도 꾹 참고 '뭐 먹고 싶어 놀
이'를 시작했다. 예전에는 한나 언니와 함께했다. 여자가
하루 종일 거실에 앉아 있어 아무것도 먹지 못했던 날 한나
언니가 만들어낸 놀이였다. 한나 언니는 매번 재밌는 일들
을 생각해내서 같이 있으면 지루할 틈이 없었다.

"유나야, 우리 뭐 먹고 싶어 놀이 할까?"

"그게 뭔데?"

"뭐 먹고 싶어, 하고 물어보면 맛있는 음식 이름을 대
는 놀이야."

"좋아. 언니 먼저 해."

"그래. 유나야, 뭐 먹고 싶어?"

"음, 나는 김밥 먹고 싶어."

"이번에는 네가 물어봐야지."

"언니, 뭐 먹고 싶어?"

"난 아몬드봉봉 먹고 싶어."

"그럼 난 엄마는외계인이랑 체리쥬빌레."

"내가 물어보면 대답해야지. 그리고 한 번에 하나씩만
말하는 게 규칙이야."

"알았어."

"그럼 다시 한다. 유나야 뭐 먹고 싶어?"

"나 용가리치킨 먹고 싶어. 언닌 뭐 먹고 싶어?"

자매는 태어나서 먹어본 음식 이름을 기억나는 대로 다 얘기했다. 그러다 더는 생각나지 않을 때 한나가 장난을 시작했다.

"난 개구리 뒷다리 먹고 싶어."

"그럼 난 지렁이 뒷다리 먹을 거야."

"바보야, 지렁이는 다리가 없잖아."

"그럼 난……."

어린 유나는 언니가 말한 것보다 더 대단한 것을 얘기하고 싶었지만 쉽지 않았다. 그래서 한참 동안 '음, 음' 하는 소리만 반복했다. 한나는 유나가 생각해낼 때까지 차분하게 기다려주었다.

"음, 그럼 나는…… 난 자동차 바퀴 먹을 거야!"

"난 헨젤과 그레텔에 나오는 과자로 만든 집!"

"그럼 난…… 이 세상을 다 먹어버릴 거야!"

둘은 웃음을 터뜨렸다. 그렇게 놀다 보면 배고픈 것도 잊고 웃을 수 있었다.

"나중에 언니가 유나 먹고 싶은 거 다 사 줄게."

"정말?"

"응. 에버랜드 놀러 가서 맛있는 거 다 사 줄게."

"응! 다 사 줘."

"유나야."

"응?"

"사랑해."

한나가 그렇게 말했을 때, 유나는 진짜로 에버랜드에 갈 수 있을 거라고 믿었다. 하지만 이제는 그럴 수 없다는 걸 잘 알고 있다. 언니는 이제 없다. 아니, 여전히 있다. 있지만 함께 에버랜드에 갈 수는 없다. 모든 것이 그날 일어난 그 일 때문이었다.

그때는 겨울이었다. 창밖으로 눈이 내리는 걸 발견하고 자매는 창문 아래 누워 하늘을 올려다봤다.

"눈사람 만들고 싶다."

유나가 말했다. 뭔가 생각났는지 한나가 자리에서 벌떡 일어났다.

"잠깐만 기다려봐."

한나는 방문을 열고 밖을 살피다가 유나를 향해 손짓했다. 둘은 거실을 지나 베란다로 나갔다. 베란다 난간에는 눈이 제법 쌓여 있었다. 한나가 베란다 창문을 열었다. 그리고 손으로 눈을 모았다. 유나도 옆에 앉아 언니를 따라 했다. 눈송이가 베란다까지 날아들어와 자매는 혀를 내밀고 눈을 맛봤다.

"맛있다."

"아이스크림 맛이야."

"아니야, 솜사탕 맛이야."

"아니야, 이건 구름 맛이야."

자매는 재잘거리며 손이 빨개지도록 눈을 모으고 주먹만큼 작은 눈사람을 만들었다.

"니들 거기서 뭐 하는 거야!"

갑자기 끼어든 목소리에 아이들이 흠칫 놀라 일어났다.

"대체 이게 웬 난리니!"

여자는 서둘러 베란다 창문을 닫았다. 그제야 바닥이 축축하다는 것을 깨달았다. 베란다 바닥은 타일에 쌓인 먼지와 눈이 녹은 물이 뒤섞여 엉망이었다. 슬리퍼도 신지 않고 맨발로 급히 달려 나온 여자는 더러워진 발바닥을 보고 더욱 화가 치밀었다.

"내가 너 때문에 못 살아, 진짜!"

여자는 아이들이 만든 눈사람을 발로 밟고, 한나의 머리채를 붙잡았다.

"내, 속, 뒤집어, 놓으려고, 일부러, 이러는, 거지, 너!"

여자는 한 어절씩 끊어 말하며 그때마다 한나의 머리채를 앞뒤로 세게 흔들었다. 말이 끝나는 동시에 손을 놓아버렸고, 축축하게 젖은 바닥에서 중심을 완전히 잃은 한나가 그대로 뒤로 넘어졌다. 바닥에 머리를 찧고 넘어진 한나는 누운 자세로 멍하니 눈만 끔벅거렸다. 여자는 깜짝 놀라 한동안 아무 말도 못 하다가 한나가 눈을 깜빡이는 것을 확인하고 발길질을 했다.

"이한나! 장난 그만 치고 일어나!"

한나가 느릿느릿 몸을 일으켰다.

"꼴도 보기 싫으니까 당장 너희 방으로 가!"

겁에 질린 유나가 한나의 손을 잡고 일으켜 세웠다. 한나는 방에 들어오자마자 다시 바닥에 누워버렸다.

"언니, 괜찮아?"

유나가 눈물을 글썽거리며 묻자 한나는 겨우 입술을 움직였다.

"괜찮아."

언니가 입술로 예쁜 별 모양을 만드는 걸 보고 유나는 조금 안심했다.

그날 밤, 한나는 이불에 토를 했다. 늦게 퇴근한 아빠는 언제부터인가 그랬던 것처럼 아이들 방문은 열어보지도 않았다. 다음 날, 낮에 여자가 방에 들어와 한나를 발로 툭툭 건드렸다.

"야."

한나는 꼼짝도 하지 않고 누워 겨우 눈만 떴다.

"야, 엄살 그만 부리고 일어나."

한나가 밤새 쏟아낸 토사물에서 시큼한 냄새가 풍겼다. 여자는 뒤늦게 이불이 더러워진 것을 발견하고 소리를 지르며 방에서 나갔다.

며칠 뒤, 유나가 잠에서 깨어나 언니를 불렀을 때, 한나는 일어나지 않았다. 잠이 든 언니 옆에서 유나는 혼자 놀았다. 나중에 여자가 방문을 열었고, 얼마 뒤 아빠가 집에 달려왔다. 한나가 많이 아픈 모양이었다. 하지만 아빠도, 여자도 한나를 병원에 데려가지 않았다.

"어떻게 된 거야?"

"나도 몰라."

여자는 망설이는 얼굴로 아빠를 바라보다 말을 이었다.

"실은…… 지난번에 오빠가 때린 이후로 애가 기운이 없기는 했어."

"그럼 병원에 갔어야지!"

"온몸이 멍투성이인데 어떻게 데려가!"

아빠와 여자는 한동안 말없이 서로를 바라봤다. 둘은 방문을 닫고 밖으로 나갔다가 몇 시간 뒤에 돌아와 한나를 안고 화장실로 들어갔다. 그날, 밤이 늦도록 화장실 등이 꺼지지 않았다.

이제 한나 언니는 없었다.

아니, 언니는 여전히 있었다.

유나는 언니가 어디에 있는지 다 알고 있었다.

한나 언니는 지금 냉장고에 있다. 한나가 그 안에 들어간 뒤로 여자는 냉장고 문을 열지 않았다. 음식은 배달해 먹었다. 그리고 유나에게 잘해주었다. 하지만 오래가지는 않았다. 유나가 냉장고 근처를 서성거리기만 해도 아빠나 여자가 무섭게 화를 냈다. 냉장고 앞에 잠들어 있는 유나를 발견한 아침, 아빠가 유나를 다용도실로 내쫓았다. 문을 잠그지 않았지만 여섯 살 유나는 그곳에서 빠져나올 생각을 하지 못했다. 그저 먹다 남은 음식을 주면 받아먹고, 추우면 빨래 바구니 안에서 덮을 만한 옷을 찾았고, 점점 차가워지는 타일 바닥 위에서 잠이 들었다.

낮에 잠을 많이 잔 탓인지, 아니면 더 싸늘해진 밤공기 탓인지 유나는 좀처럼 잠들지 못했다. 조금 전 다용도실 문이 열렸을 때, 유나는 먹을 것을 기대하며 자리에서 벌떡 일어났다. 아빠였다. 아빠는 세탁물만 두고 나갔다. 유나를 한 번도 쳐다보지 않았다. 늘 그 자리에 있는 물건 옆을 걸어가듯 그냥 쓱 지나쳤다. 유나는 다시 힘없이 누웠다. 그러다 다용도실 문이 조금 열려 있다는 걸 깨달았다. 배는 채울 수 없었지만 이제 할 일이 생겼다.

유나는 문 옆으로 자리를 옮겨 귀를 기울였다. 열린 문 틈으로 거실에 틀어놓은 TV 소리가 들려왔다. 예전에는 뉴스가 참 재미없었는데, 지금 유나는 말소리를 듣는 것만으로도 할 일이 생긴 것 같아 신이 났다. 한참 알아듣기 힘든 얘기만 나왔는데, 이번에는 유나가 이해할 수 있는 내용이었다. 어떤 산에 불이 났다고 했다. 소방차 사이렌 소리도 간간이 들려왔다. 유나는 빨간 불자동차를 떠올렸다.

"저기 우리 동네 아냐?"

아빠 목소리였다.

"그런가?"

"왜 그 백숙집 있잖아. 그 근처 같은데."

"맞네, 저 간판!"

아빠와 여자는 집 근처에 불이 났다는 얘기를 하다 금세 백숙집 얘기로 화제를 돌렸다.

유나는 창문 너머로 온통 새까만 하늘을 보면서 어린이집에서 배운 노래를 작게 흥얼거렸다. 빨간 자동차가 에엥 에엥. 내가 먼저 가야 해요, 에엥 에엥…… 그다음이 뭐였지. 유나는 다시 처음부터 노래를 불렀다. 하지만 계속 같은 부분에서 멈춰야 했다. 이럴 때 한나 언니한테 물어보면 바로 알려줄 텐데. 시무룩해진 유나는 방금보다 더 작은 목소리로 노래를 부르기 시작했다. 빨간 자동차가 에엥 에엥. 내가 먼저 가야 해요, 에엥 에엥…….

*

[다음 뉴습니다. 어제 불이 난 경기도의 한 야산에서 신원을 알 수 없는 성인 남자와 아이들로 추정되는 사체 여러 구가 발견돼 경찰이 조사에 나섰습니다. 자세한 소식, 민동훈 기자가 전해드립니다.]

TV를 켜놓은 채 스마트폰을 보던 유나 아빠가 고개를

들었다. 옆에 앉아 스마트폰을 보던 여자친구도 TV 모니터를 바라봤다.

아빠는 생각이 많아졌다. 대개 잊고 지냈지만 한 번씩 떠오를 때마다 머릿속이 복잡해졌다. 12월이 되면 한나 앞으로 초등학교 입학통지서가 날아올 것이다.

처음엔 이사를 가야겠다고 생각했다. 여러 번 이전해서 추적하기 번거롭게 만들면 행정기관에서도 한나를 잊지 않을까. 하지만 이사하는 일도 문제였다. 대체 저 냉장고를 어떻게 해야 한단 말인가. 거기서 생각이 막혔다. 그보다는 매번 일자리 구하는 일이 더 큰 문제였다. 답을 찾지 못하고 생각을 다음으로 미루다 보니 어느덧 가을이었다.

"어떡하지."

걱정이 되기는 여자도 마찬가지였다. 유나 아빠는 대답 대신 소주를 가지러 다용도실에 들어갔다. 몸을 웅크리고 잠이 든 유나를 보자 불쌍하다는 생각보다 짜증이 먼저 났다. 유나 또한 골칫덩이였다.

내가 다 봤어요.

눈이 마주칠 때마다 아이가 이렇게 말하는 것 같았다. 유나 아빠는 애써 아이를 외면하고 소주 두 병을 꺼낸 뒤 서둘러 안으로 들어갔다.

유나야, 눈 감아봐.

한나 언니가 유나의 손을 잡으며 말했다. 언니 손이 차가워서 유나는 눈을 찌푸렸다.

언니 손 차가워. 언니, 추워?

아니, 안 추워. 괜찮아.

한나 언니가 입술로 별을 그리며 말했다.

눈 감아보라니까, 빨리.

유나는 눈을 감았다.

어디 가고 싶어?

유나는 가고 싶은 곳이 많았다. 매일매일 다용도실에 누워 어디에 가고 싶은지, 뭐가 먹고 싶은지 생각했다. 그런데 막상 한나 언니가 물어보자 아무것도 떠오르지 않았다. 그러다 예전에 언니가 약속한 게 생각났다.

언니, 나 에버랜드.

그래, 알았어. 이제 에버랜드에 갈 거야.

한나 언니 말이 끝나자마자 유나는 벌써 에버랜드에 와 있었다.

와아.

회전목마를 발견하고 유나는 그쪽으로 달려갔다. 말과 마차 중 어느 것에 올라탈까 고민하다 유나 눈에 제일 근사해 보이는 말에 올라탔다. 어느새 한나 언니는 유나가 탄 말과 나란히 달리는 말에 앉아 있었다. 둥근 불빛이 반짝이는 천장 아래에서 말들은 빙글빙글 쉬지 않고 달렸다. 처음 들어보는 경쾌한 음악을 따라 유나는 콧노래를 불렀다.

유나야, 재밌어?

응, 언니 너무 재밌어.

유나야, 우리 더 높이 달려볼까?

한나 언니가 탄 말이 둥실 떠오르는가 싶더니 밤하늘만큼 높이 날아올랐다.

언니!

유나는 울음이 터질 것 같았다. 이대로 언니를 놓칠 것만 같았다. 그 순간 유나가 탄 말도 둥실 떠올랐다. 유나는 언니와 밤하늘을 날았다. 저 아래로 까만 세상이 보였다.

유나야, 이제 눈 떠봐.

언니, 나 눈 감고 있어도 다 볼 수 있는데?

유나야, 눈 떠봐.

한나 언니는 같은 말을 반복했다. 그리고 조금씩 멀어져갔다. 아니, 희미해졌다.

언니. 언니.

"언니!"

유나는 한나를 부르며 잠에서 깨어났다. 언니가 사라진 곳은 이제 까만 밤하늘뿐이었다. 그리고 자신이 있는 곳이 언니와 말을 타고 날아다니던 하늘이 아닌 다용도실이라는 걸 깨달았다.

"언니…….."

금세 눈물이 그렁그렁 차올랐다. 유나는 자리에서 일어나 창가에 섰다. 간이의자에 올라서서 한나를 찾았다.

응?

유나는 눈을 비볐다.

한나 언니?

유나는 분명 꿈을 꾸는 거라고 생각했다. 맞은편 건물 옥상에서 한나가 유나를 향해 손을 흔들고 있었다. 다시 눈을 비볐다. 한나 언니는 계속 그 자리에서 유나를 바라보고 있었다.

오늘도 유나는 다용도실에서 깨어났다. 아침 공기는 쌀쌀했지만, 날은 맑았다.

유나는 수챗구멍 옆에 쪼그리고 앉아 오줌을 쌌다. 수도를 틀어 바닥을 청소하고 호스 끝에 입을 대고 물을 마셨다.

한나 언니.

유나는 꿈에서 언니를 만났던 일을 기억해냈다. 언니와 함께 에버랜드에 놀러 간 일. 같이 회전목마를 탄 일. 말을 타고 하늘을 날아오른 일. 그리고, 맞은편 건물 옥상에서 언니가 손을 흔들었던 일.

유나는 배고픈 것도 잊고 간이의자에 올라섰다. 맞은편 건물 옥상에는 아무도 없었다. 그래도 쉽게 발이 떨어지지 않았다. 유나는 멀리 있는 건물 옥상까지 찬찬히 살펴봤다. 그때였다.

톡.

유리창에 뭔가 날아와 부딪쳤다.

톡.

이번에는 유나도 놓치지 않았다. 작은 돌멩이였다. 돌

멩이가 날아온 곳으로 시선을 옮기자 거기, 한나 언니가 있었다. 오랫동안 미용실에 가지 못해 길게 자란 머리카락. 유나와 똑같이 길고 까만 머리카락. 한나 언니가 분명했다.

"언니!"

유나가 작게 외치며 손을 흔들었다. 맞은편에서도 손을 흔들었다. 그런데 이상했다. 자세히 보니 한나 언니가 아니었다. 언니는 아닌데 언니 같았다. 옥상에 서 있는 아이가 손을 흔들며 뭐라고 중얼거렸다. 그 말을 알아듣지는 못했지만, 입 모양을 보고 유나는 조금 안심했다. 아이가 입술로 별을 그리고 있었기 때문이었다.

*

그날 이후로 유나는 하루에도 몇 번씩 간이의자에 올라가 맞은편 건물 옥상을 바라봤다.

그러면 아이가 나타났다.

그쪽에서 돌멩이를 던져 유나를 부를 때도 있었다.

유나와 아이는 매일 서로 마주 보고 손을 흔들었다.

[……부검 결과 화재에 의해 사망한 것으로 밝혀졌으나 신원이 확인되지 않아 수사에 어려움을 겪고 있습니다. 한편 경찰은 화재 현장 지하실에서 영유아 불법 입양 및 장기 매매로 의심되는 정황을 발견하고 조사에 들어갔습니다. 다음 뉴스입니다…….]

다용도실 문틈으로 뉴스 소리가 흘러들었다. 유나는 그 소리에 더 이상 관심을 갖지 않았다. 대신 창밖을 내다보며 아이가 나타나기를 기다렸다.

*

똑.

유나가 눈을 떴다. 아직 깊은 밤이었다. 꿈결 속에 머무는 듯 이내 유나의 눈꺼풀이 스르르 내려갔다.

똑, 똑.

유나가 다시 눈을 떴다. 이번에는 잠에서 완전히 깨어나 소리가 난 쪽을 돌아봤다. 창문이었다. 하품을 크게 하고 유나는 간이의자에 올라갔다. 맞은편 옥상에는 아무도 없었다.

똑.

유나는 하마터면 소리를 지를 뻔했다. 창문 끝에 검은
그림자가 보였다. 곧 그것이 아이라는 것을 깨달았다. 아이
는 가스 배관에 매달린 채로 유리창을 두드렸다. 유나는 재
빨리 창문을 열었다. 아이가 능숙하게 창문을 넘어 다용도
실로 들어왔다.

유나와 아이는 서로 마주 보고 섰다. 가까이에서 보는
건 처음이었다. 유나보다 아이가 조금 더 컸다. 한나 언니보
다도 조금 더 큰 것 같았다. 아이는 유나를 찬찬히 살펴봤
다. 유나가 지내는 다용도실의 차가운 바닥과 호스가 달린
수도꼭지를 확인했다. 아이는 지하실을 떠올렸다. 남자가
'지하실의 개들' 혹은 '물건'이라 말하던 아이들, 아이가 철
문을 열어주지 못해 그 안에 갇혀버린 수많은 아이들도 함
께 떠올렸다.

"언니는 이름이 뭐야?"

유나가 묻자 아이가 머뭇거렸다.

"나는 유나야. 이유나."

유나가 먼저 말했다.

"나는…… 아이야."

유나가 활짝 웃으며 아이의 손을 잡았다. 아이는 유나에게 몇 가지 질문을 했다. 유나는 고개를 끄덕이거나 저어가며 대답했다. 가끔은 기억을 더듬어가며 뭔가를 천천히 설명하기도 했다.

질문이 끝나자 아이는 유나에게 좀 더 가까이 다가갔다. 그리고 유나만 알아들을 수 있을 만큼 작은 목소리로 귓속말을 했다.

*

다용도실 문이 열렸다. 아빠였다.

아빠는 소주 두 병을 들고 안으로 들어갔다.

두런두런 이어지던 말소리가 끊겼다.

괴물이 울부짖는 소리가 들려와 유나는 귀를 막았다.

유나가 귀를 덮고 있던 손을 하나씩 뗐다.

잠잠했다.

잠시 문에 귀를 대고 서 있던 유나가 마른침을 삼켰다. 손잡이를 천천히 돌렸다. 문틈으로 주방이 보였다. 아빠와 여자는 바닥에 누워 잠을 자고 있었다.

유나는 서둘러 간이의자에 올라갔다. 맞은편 건물 옥상에 아이가 나타날 때까지 초조하게 기다렸다. 마침내 아이가 나타났다. 유나는 두 팔을 높이 들어 커다란 동그라미를 만들었다. 맞은편에서 아이가 똑같은 모양을 만들었다.

유나가 창문을 활짝 열었다. 유나는 아이가 1층에서 3층까지 가스 배관을 타고 올라오는 모습을 지켜봤다. 아이가 움직임을 멈출 때면 유나는 걱정스러운 마음에 아래쪽으로 손을 뻗었다. 그때마다 간이의자가 기울며 유나의 몸이 위태롭게 흔들렸다. 아이가 무사히 안으로 들어오자 유나가 아이를 꼭 끌어안았다. 아이가 검지를 입에 가져다 댔다. 유나가 고개를 끄덕였다.

아이가 다용도실 문 앞에 섰다. 열린 문틈으로 잠이 든 남자와 여자를 확인하고 조심스럽게 안으로 들어갔다. 유나가 그 뒤를 따라갔다.

남자와 여자 모두 얼굴 부근에 토사물이 가득했다. 아이가 발끝으로 남자를 툭 건드렸다. 미동이 없었다. 아이가 무릎을 구부리고 앉아 남자의 손목을 잡았다. 맥이 느껴지지 않았다. 여자도 마찬가지였다.

"이제 다 끝났어. 가자."

아이가 유나의 손을 잡았다. 아이를 따라 현관으로 달려가던 유나가 걸음을 멈췄다.

"잠깐만."

유나가 몸을 돌렸다. 바닥에 누워 있는 아빠와 여자가 보였다. 머뭇거리던 유나가 발을 떼고 냉장고로 향했다. 고개를 떨구고 잠시 생각하다가 결심한 듯 두 손으로 냉동실 문 손잡이를 꼭 잡았다. 유나는 온 힘을 다해 손잡이를 당겼다. 문이 열리자 하얀 김이 쏟아져 나와 사방으로 흩어졌다. 거기 한나가 있었다. 비닐에 싸인 한나가 낯설어 유나는 뒤로 주춤 물러났다. 무서운 마음도 들었다. 슬픈 마음은 더 컸다. 울음이 터질 것 같았다. 언니의 보드랍고 따뜻한 손이 생각났다. 괜찮다고 말하며 웃던 모습도 생각났다. 더 이상 입술로 별 모양을 만들지도 않고 소리 내 웃지도 않았지만, 유나에게 한나 언니는 여전히 한나 언니였다.

"언니."

유나가 울먹거렸다.

"많이 춥지?"

그러다 생각난 듯 바닥에 쭈그리고 앉아 까만색 전원 코드를 잡아당겼다. 위이잉, 하던 소리가 멈추고 냉동실 불이 꺼졌다.

"언니, 춥지 마."

유나 눈에서 눈물방울이 떨어졌다.

"이제 그만 추워."

유나는 팔뚝으로 눈물을 쓱 닦아내고 언니에게 손을 흔들었다. 그리고 현관 앞에서 기다리고 있는 아이에게로 달려갔다. 유나가 문을 열었다. 아이가 먼저 밖으로 나갔다. 차마 발길이 떨어지지 않아 유나는 열린 문에 기대선 채 한나에게 손을 흔들었다. 그때 유나 손이 도어 록 센서를 건드렸고, 경쾌한 알림음이 울리며 잠금장치가 튀어나왔다. 그 소리에 깜짝 놀라 유나는 뒤도 돌아보지 않고 계단 아래로 달렸다. 문은 저절로 닫혔다. 잠금장치 두께만큼 틈이 벌어진 채로, 문이 닫혔다. 유나는 한 번도 쉬지 않고 계단을 뛰어 내려갔다.

다세대주택 출입구에 도착했을 때 아이가 기다리고 있었다. 옆에 또 다른 아이가 있었다. 아이의 손을 잡고 있는 사내아이가 손을 흔들며 깡충거렸다.

"얘는 도우너야."

아이가 말했다.

"어어."

유나

도우너가 웃으며 유나에게 또 다른 손을 내밀었다. 유나는 손가락이 네 개뿐인 도우너의 작은 손을 꽉 잡았다.

2부

301호 김 모 씨

2년 전이었나. 아마 그쯤 될 거예요. 그때 옆집이 이사를 왔어요. 이삿짐 옮기는 동안 애들 둘이 옥상으로 올라가는 계단에 앉아 있었어요. 네, 맞아요, 거기. 응, 거기 중간쯤에. 여자아이 둘인데, 손 요렇게 모으고 배꼽 인사도 하고. 짐 다 옮길 때까지 둘이 얌전히 앉아 있더라고요. 그래서 내가, 아이고 너희들 참 예쁘다, 그랬죠.

근데 어느 방송국에서 나왔다고요? 아아, 그래요.

이사 오고 얼마 되지 않았을 땐 애들 둘이 손잡고 편의점 가는 것도 몇 번 보고, 둘이 빌라 앞 골목에서 노는 것도 몇 번 보고 그랬어요. 부모랑 같이 있는 건 거의 못 봤는데…… 큰애가 워낙에 동생을 야무지게 잘 챙겼으니까. 키는 쬐깐한 게, 뭐라고 해야 하나. 맞아요, 또래답지 않게 어른스러웠어요, 애가.

그 여자가 새엄마인 줄은 몰랐죠. 아뇨. 여자는 거의 못 봤어요. 그냥 평범한 인상이었어요. 길에서 흔히 보는 그런 애들 엄마처럼.

그런데 기자 양반. 그게…… 정말 부모가 한 짓일까요? 애는 죽은 지 더 오래됐다면서. 부모가 그랬으니 자기 집 냉장고에 숨겼겠지, 안 그래요? 걔가 큰 애 맞죠? 친모가 확인했다고, 그건 나도 들었어요. 세상에 이게 무슨 날벼락이래요.

애들 우는 소리요? 글쎄요, 그냥 보통 집 같았어요. 애들 있는 집이 다 그렇잖아요. 가끔 부모들이 애들 혼내고. 애들 우는 소리도 들리고. 이런 일이 일어날 집이라고는 정말.

네, 맞아요. 내가 제일 먼저 신고한 사람이에요. 아유, 용감하기는. 당연히 해야 할 일이니까. 처음엔 이 집 문이 열린 줄도 몰랐거든요. 그게 유심히 보지 않으면 정말 모르니까. 어디서 계속 이상한 냄새가 난다 싶었는데, 아무래도 이 냄새가 참 수상한 거야. 그래서 내가 찾아봤죠. 이 집 같더라고. 그리고 보니까 문이 조금 열려 있네. 내가 노크를 했지. 대답이 없어. 다음 날에도 계속 문이 열려 있는 거예요. 두드려도 보고 벨도 눌러봤는데 조용해. 안에 아무도 없는 것처럼. 이거 무슨 일이 났구나, 내가 딱 직감한 거지. 그래서 112에 신고했어요, 내가. 전화하는데 손이 이렇게 막 떨려서.

아유, 말도 마요. 그 어린것이. 아니, 어떻게 그 어린것을. 아유, 생각하면 자꾸 이렇게 눈물이 나. 그 어린것이 가여워서 내가…….

그런데, 그 부모는 자살인지 타살인지 언제쯤 밝혀질까요? 무서워서 살 수가 있어야지. 아뇨, 싸우는 소리 같은 것도 못 들었어요. 강도가 들었으면 큰 소리가 났을 텐데. 사람 살려! 도둑이야! 뭐 그런 소리를 질렀을 거 아냐. 그런 게 전혀 없었거든요. 아는 사람이 그런 몹쓸 짓을 한 건지…….

작은 애도 걱정이에요. 걔라도 살아 있으면 좋겠는데.

바로 옆집에서 이런 일이 일어나다니 누가 상상이나 했겠어요. 너무 끔찍하죠. 그날 이후로 잠도 제대로 못 자요, 내가.

기자가 인사를 하고 계단을 내려간 뒤에도 301호 여자는 복도에 그대로 서 있었다. 여자는 기자와 카메라맨이 계단을 밟는 소리를 멍하니 듣고 있었다. 텅텅 울리던 소리가 점점 멀어졌다. 돌아서던 여자의 시선이 302호 현관문에 가닿았다. 바닥에 쓰러져 있던 사람들. 냉장고에 들어 있던 아이. 생각하고 싶지 않은 장면이 제멋대로 떠오르며 목덜미에 소름이 돋아났다. 여자는 서둘러 집으로 들어가 현관문을 단단히 잠갔다.

여자는 부엌으로 가 단숨에 물을 들이켰다.

빠짐없이 잘 얘기했나…….

여자는 자신이 한 말들을 천천히 곱씹었다. 여자는 누구보다 사건이 잘 해결되기를 바라고 있었다. 그래서 경찰이든 기자든 도움을 필요로 하는 이들에게 기억나는 대로 성실하게 답변했다.

정황상 아이는 아빠나 계모에 의해 죽임을 당한 게 거의 확실해 보였다. 하지만 애들 아빠와 계모의 죽음은 타살일 수도 있었다. 두 사람을 죽음에 이르게 한 독극물은 집에서 발견되지 않았으니 타살일 가능성이 높아 보였다. 이런 끔찍한 사건이 바로 옆집에서 일어났다니. 무서웠다. 사건이 해결돼야 여자도 편히 잠들 수 있을 것 같았다.

아니지. 해결됐다고 해서 편히 잠들 수 있을까.

여자는 고개를 저었다.

그렇지. 어떻게 아무 일도 없었다는 듯 살아갈 수 있겠어. 그런 일이 일어났는데.

여자는 한숨을 내쉬었다. 애초에 해결이라는 말 자체가 맞지 않았다. 저 집에서 일어난 일을 누가 정확히 알 수 있을까. 이상한 기분이었다. 바로 옆인데, 여자의 집과 똑같은 구조로 생긴 집인데, 그 집에서 일어난 일을 아무것도 알 수 없다는 게. 그저 벽 하나에 가려졌을 뿐인데, 그 끔찍한 일이 벌어지도록 아무것도 몰랐다는 게.

정말 몰랐을까.

마음 깊은 곳에서 떠오른 물음에 여자는 흠칫 몸을 떨었다.

나는, 정말, 몰랐던가.

언젠가 아이가 심하게 우는 소리를 들은 적이 있었다. 아이 키우는 집에서 아이 울음소리가 들리는 것은 어쩌면 당연한 일이지만, '그 소리'는 달랐다. 사실 아이가 우는 소리보다 어른들이 내지르는 소리가 더 컸다. 말소리와 교묘한 박자를 이루며 들려오던 둔탁한 소리. 그 소리 뒤에 이어지던 아이의 비명.

그때 여자는 옆집에서 들려오는 소리에 귀를 기울였다. 신경이 쓰였지만, 이내 그냥 무시하고 TV를 켰다.

그 뒤로 그런 소리가 들려올 때마다 여자는 고민했다.

이런 게 TV에서 본 아동 학대 뭐 그런 건가. 경찰에 신고라도 해야 하는 건 아닌가. 하지만 남의 집 일에 끼어들기가 쉽지 않았다. 옆집과 친분이 있는 건 아니었지만, 그렇다고 해서 굳이 불편할 일을 만들고 싶지도 않았다. 그래서 애써 별일 아닐 거라고 생각했다.

기자와 얘기할 때, 여자의 눈빛은 있어서는 안 될 일이 벌어진 것에 대해 분노하는 정의로운 시민처럼 당당하게 빛났다. 하지만 지금, 여자는 죄책감에 사로잡혔다.

만약에 그때 신고했더라면⋯⋯.

여자는 아이의 죽음 앞에 당당할 수 없었다. 자신에게도 어느 정도 책임이 있다는 생각에 우울해졌다. 신고하는 일이 쉽지 않았다고, 이렇게까지 될 줄은 정말 몰랐다고 스스로를 위로해보려 해도 죄책감은 쉽게 사라지지 않았다.

어린이집 정 선생

처음 뉴스를 접했을 때, 정 선생은 그 끔찍한 일이 같은 동네에서 벌어졌다는 사실에 놀랐고, 나중에 냉장고에서 발견된 아이가 한나라는 얘기를 듣고 한동안 말을 잇지 못할 정도로 충격을 받았다.

사실 정 선생이 기억하는 것들은 많지 않았다. 한나는 2년 전 이곳으로 이사 오면서 정 선생이 일하는 어린이집에 다니기 시작했다. 한창 예쁜 가을 무렵이었고, 크리스마스 전에 그만두었다. 그러니 한나를 알고 지낸 시간이라고는 3개월도 채 안 되는 셈이었다.

정 선생은 한나가 다니는 다섯 살 반 담임이었다. 한나는 평범한 다섯 살 꼬마였다. 참새처럼 재잘거렸고, 미끄럼틀에서 내려올 때면 입을 한껏 벌리며 웃었고, 오이를 싫어했다. 한 살 어린 동생 유나를 잘 챙기는 기특한 아이였다.

한동안 잊고 있었는데, 사건이 터진 뒤에 떠오른 일이 몇 가지 있기는 했다.

그날, 아이들이 자유놀이 시간을 갖는 동안 정 선생은 간식을 준비하고 있었다. 고만고만한 목소리들 틈에서 수빈이의 날카로운 음성이 튀어 올랐다. 수빈이는 욕심이 많아 양손에 장난감을 쥐고도 친구들 것까지 가지려고 하는 아이였다. 돌아보니 수빈이가 품에 인형을 두 개나 안고 한나가 고른 장난감까지 빼앗으려 하고 있었다.

"나 이것도 가지고 놀 거라니까! 넌 다른 거 가지고 놀아!"

"이건 내가 먼저 골랐어."

"싫어! 내 거야!"

수빈이가 앙칼지게 소리 지르며 한나에게서 장난감을 빼앗았다. 중재가 필요하다고 판단한 정 선생이 아이들 쪽으로 다가갔을 때, 한나가 수빈이를 노려보며 믿기 힘든 말을 중얼거렸다.

"너 같은 건 태어나지 말았어야 했어."

다행히 그 말을 들은 사람도, 이해한 사람도 정 선생뿐이었다. 수빈이는 벌써 다른 아이들 틈에 섞여 있었다. 정 선생은 한나 눈높이에 맞춰 무릎을 구부렸다. 잘못 들은 게 아닐까 하는 생각이 들 만큼 다섯 살 아이 입에서 나오기 쉽지 않은 말이었다. 정 선생은 놀란 마음을 숨기고 차분하게 물었다.

"한나야, 방금 뭐라고 했어?"

정 선생을 보고 한나는 싸늘했던 눈빛을 부드럽게 풀었다. 동그랗게 뜬 눈은 질문을 듣지 못했다고 말하고 있었다.

"한나, 방금 수빈이한테 뭐라고 한 거야?"

한나는 눈만 끔벅거릴 뿐 대답이 없었다. 아이는 방금 자신이 무슨 말을 했는지 정말 모르는 듯했다. 정 선생은 한나의 부모를 만나야겠다고 생각했다. 다섯 살 아이가 생각해서 내뱉은 말이 아닌 누군가가 한 말을 듣고 그대로 따라 한 것이 분명했다. 한나의 엄마가 계모라는 걸, 더 정확히는 한나 아빠의 동거인이라는 걸 정 선생도 알고 있었다. 한나는 누구에게 그 말을 들은 걸까. 친모일 수도 있고, 아빠일 수도 있고, 계모일 수도 있었다. 어쩌면 할머니나 할아버지에게 들은 말인지도 몰랐다. 드라마나 영화에서 듣고 흉내 냈을 가능성도 있었다.

한나의 부모와 면담해야겠다고 생각했지만, 정 선생이 챙겨야 할 다른 아이들도 많았다. 그 무렵 수빈이가 다른 친구의 얼굴을 할퀴어 학부모 사이에 문제가 좀 있었다.

한나처럼 조용한 아이들은 늘 관심에서 밀려나기 마련이었다.

크리스마스를 앞두고 한나의 새엄마가 어린이집에 방문한 적이 있었다. 며칠 뒤에 있을 크리스마스 파티 날, 한나가 같은 반 친구들에게 줄 선물을 전달하기 위해서였다.

"이런 게 처음이라…… 그냥 애들 양말로 골라봤어요."

여자는 코를 찡긋하며 종이가방을 내밀었다. 가방 안에는 예쁘게 포장한 양말이 여러 개 들어 있었다. 어린이집 버스를 타고 다니며 등원과 하원을 도와주는 선생님이 따로 있었기 때문에 정 선생이 한나네 새엄마를 본 것은 그날이 처음이었다.

"잘 고르셨어요. 양말이 좋죠, 실용적이고요."

정 선생의 말에 여자는 안심이라는 듯 손으로 가슴을 쓸어내렸다. 웃으며 얘기하는 어른들 틈으로 한나가 끼어들었다. 다른 친구들 엄마처럼 여자가 어린이집에 방문해 기분이 좋은 모양이었다.

"이모."

한나가 수줍게 웃었다. 순간 여자의 표정이 굳어버렸다. 그다음 날부터 한나는 어린이집에 나오지 않았다.

그해, 한나는 크리스마스 선물을 받았을까.

일이 터지고 난 뒤에 정 선생은 생각했다. 한나가 수빈 이에게 했던 그 말은 분명 드라마나 영화에서 보고 배운 것이 아닐 거라고. 겨우 다섯 살 꼬마 아이가 그런 잔인한 말을 들어야 했다니. 그런 말을 들으며 살다가 그 끔찍한 일을 당하고 짧은 생을 마감해야 했다니. 정 선생은 못을 박듯 주먹으로 가슴을 두드렸다. 한나가 어린이집에 더 이상 나오지 않았을 때, 마음이 걸렸던 것도 사실이었다. 하지만 정 선생으로선 어쩔 도리가 없었다. 한나가 학대를 당한다는 어떠한 증거도 없었다. 그리고, 정 선생은 믿고 싶었다.

한나는 유별나다 싶을 만큼 사랑한다는 말을 자주 하는 아이였다. 정 선생은 아이가 했던 무서운 말보다 작은 입으로 하루에도 몇 번씩 종알거리던 '사랑해'라는 말을 믿고 싶었다. 아이가 집에서 사랑한다는 말을 자주 듣고 있다고. 그래서 들은 만큼 그 말을 많이 하는 거라고.

모든 일이 터지고 난 지금에야 정 선생은 생각했다. 어쩌면 한나는 자기가 들은 말이 아닌, 자기가 듣고 싶은 말을 한 게 아니었을까, 하고.

아동보호전문기관 상담원
유 팀장

[……피해 아동과 함께 거주하던 아동을 찾는 데 주력하고 있습니다. 경찰은 납치 가능성까지 염두에 두고 있으나 해당 건물과 주변에 CCTV가 없어……]

유 팀장은 시동을 껐다. 동시에 라디오에서 흘러나오던 소리가 뚝 끊겼다. 유 팀장은 기어를 'P'에 놓고 얼마간 기다렸다 시동을 끄는 습관이 몸에 배어 있었지만, 더 이상 뉴스를 듣고 싶지 않았다. 아니, 들을 자신이 없었다.

유 팀장은 후배와 함께 익숙한 골목길로 들어섰다. 서울에서 가장 가난한 동네 중 한 곳이었다. 유 팀장이 출동하는 집은 대개 가파른 언덕 끝이나 어둡고 축축한 골목 구석에 있었다. 모든 가난이 학대로 이어지지는 않지만, 유 팀장은 학대 현장에서 자주 가난을 목격했다. 경제적인 부담은 양육 스트레스로 이어졌고, 그것이 다시 폭력으로 연결되는 구조였다. 물론 가난한 이들만이 아동 학대를 저지르는 것은 아니었다. 아동보호 관련 서비스를 필요로 하는 저소득층이 타인의 눈에 잘 띄는 것뿐 오히려 학대를 감추기는 고소득층이 유리했다. 유 팀장은 고급 아파트 단지를 지날 때마다 벽이 높게만 느껴졌다. 안에 있는 아이가 구조 신호를 보낸다 해도 그것이 밖으로 전달되기 쉽지 않을 거라는 생각에 자주 막막한 기분이 들었다. 많은 아이가 집에서 죽는다. 그것도 친부모의 손에 죽는다. 계부나 계모가 저지른 사건이 언론에 자주 노출되지만, 실제로는 가장 안전하고 아늑해야 할 공간에서 자기를 낳아준 사람에게 살해당하는 일이 훨씬 더 많았다. 어떤 아이들에게 집은 무덤이었다. 이것도 직업병이야. 무서운 생각이 떠오를 때면 유 팀장은 애써 고개를 저었다.

다세대주택이 다닥다닥 붙어 있는 골목을 지나고 계단을 반쯤 내려가 목적지에 도착했을 때, 유 팀장은 숨을 크게 들이마셨다. 반지하 복도에 고여 있는 서늘한 기운이 폐부에 낮게 깔리는 기분이었다. 페인트칠이 벗어진 낡은 철문. 그 문이 유 팀장에게는 가장 높고 단단한 벽이었다. 그건 집 안에 있는 아이에게도 마찬가지일 것이다.

유 팀장은 문 가까이 귀를 가져다 댔다. 안에서 TV 소리가 들려왔다. 사람이 있다는 의미였다. 마음의 준비를 마치고 유 팀장은 벨을 눌렀다. 누군가 현관 쪽으로 걸어오는 발소리가 들렸다. 유 팀장은 문에 달린 도어 뷰어를 응시했다. 안쪽에서도 렌즈를 통해 이쪽을 내다보고 있을 거라는 생각에 긴장됐지만 애써 부드러운 표정을 지었다. 문이 열리는 대신 발소리가 멀어졌다. 그럴 줄 알았다는 얼굴로 후배가 유 팀장을 쳐다봤다. 유 팀장은 다시 벨을 눌렀다.

"다영이 아버님, 안에 계시죠?"

유 팀장이 전화로 상담을 시도할 때마다 다영이 아빠는 곧장 전화를 끊었다. 같은 일이 여러 번 반복되고 오늘 유 팀장은 아무 연락 없이 다영이 집을 찾았다. 다시 벨을 눌렀지만 안에서는 아무런 반응이 없었다. TV 볼륨도 낮춘 듯 작은 소리도 들리지 않았다. 다영이 아빠가 싫어하는 걸 알면서도 유 팀장은 현관문을 두드렸다. 처음엔 작게, 점점 더 크게.

"다영이 아버님."

안에서 쿵쾅거리는 걸음 소리와 함께 욕설이 들려왔다. 욕설을 듣더라도 일단 문을 열게 하는 것이 중요했다. 유 팀장은 아이의 생존을 확인해야 했다.

"아버님, 잠깐만 시간 내주세요."

"시끄럽게 문 두드리지 말라고 했지!"

"다영이 얼굴만 보고 금방 갈게요."

"귀찮게 하지 말고 꺼져!"

"아버님, 잠깐만……."

말이 끝나기도 전에 유 팀장은 뒤로 물러섰다. 안에서 현관문을 발로 걷어차고 단단한 무언가로 마구 두드려대며 위협했다. 아직 경험이 많지 않은 후배가 겁에 질린 얼굴로 몸을 떨었다. 유 팀장은 그런 후배라도 있어 든든했다. 사실 다영이 아빠 정도면 무난한 편에 속했다. 칼을 들고나와 협박하는 사람들, 맨손으로 폭력을 휘두르는 사람들도 적지 않았다. 2인 1조로 가정 방문하는 것이 의무가 되기 전에 일했던 선배들은 대체 어떻게 혼자 다녔을까. 유 팀장은 후배의 등에 가만히 손을 얹었다. 덜컹덜컹 문이 흔들렸다. 거친 욕설이 계속 들려왔다. 지금 저 안에 있는 아이도 후배처럼 떨고 있을 것이다.

"안 되겠다."

유 팀장은 자녀를 학대하는 가해 부모일수록 상담원에게 거칠게 반응한다는 것을 잘 알고 있었다. 가해자가 흥분하면 그 피해는 고스란히 아이에게 돌아갈 것이다. 유 팀장은 일단 철수하기로 했다. 일부러 계단 밟는 소리를 크게 내며 다세대주택에서 빠져나왔다. 잠시 뒤 소란이 멈췄다.

일단 문 앞에서는 철수했지만, 유 팀장은 쉽게 발길을 돌릴 수 없었다. 다세대주택 현관에서 반 바퀴 돌아 다영이네 집 창가로 향했다. 유 팀장은 무릎을 구부리고 앉아 반지하 주택의 창문을 밀었다. 불투명한 유리창은 굳게 잠겨 있었다. 욕실 쪽 창문도 마찬가지였다. 하는 수 없이 다영이의 이웃과 마주치기를 기대하며 다세대주택 앞을 서성거렸다. 아이 울음소리를 들은 적이 없는지 묻고, 혹시 학대가 의심되는 상황이 생긴다면 꼭 112로 신고해달라고 부탁할 생각이었다.

다영이는 어린이집 선생님의 신고로 학대 사실이 드러났다. 다섯 살 아이는 팔과 다리에 멍이 든 채로 어린이집에 다녔다. 경찰과 함께 다영이 집에 찾아갔을 때, 다영이 부모는 결코 아이 몸에 손을 댄 적이 없다고 진술했다. 아이가 덜렁거리는 편이라 이리저리 뛰어다니다 보면 금세 멍이 든다고 했다.

"엄마나 아빠가 다영이를 때린 적 있어?"

다섯 살 아이는 겁에 질린 얼굴로 고개를 저었다. 아이에게 상담원은 낯선 타인일 뿐이었다. 신뢰 관계가 형성되지 않은 상황에서 솔직하게 털어놓는 아이는 거의 없었다. 부모가 시킨 대로 말하는 아이들도 많았다. 면담만으로 학대 여부를 판단하기란 쉽지 않았다. 당장 아이를 학대 아동 쉼터에 데려갈 만한 증거도 찾지 못했다. 사실 이쪽 일이 그랬다. 늘 증거가 부족했다. 학대는 집에서 은밀하게 이루어져 목격자가 없었고, 범행에 쓰인 도구는 주로 부모의 손과 발이었으며, 피해 아동은 자신이 당한 일을 있는 그대로 진술할 능력이 부족했다.

경찰과 얘기 끝에 아이를 부모와 분리하지 않고 지속해서 관리하기로 했다. 이후 다영이 엄마가 집을 나갔고, 다영이는 아빠와 둘이 지내다 어린이집도 그만두었다.

유 팀장은 요즘 연일 보도되는 사건을 떠올렸다. 냉동실에서 발견된 그 아이도 어린이집을 그만두고 1년 정도 지나 살해된 것으로 추정됐다. 전에 유 팀장이 관리하던 은지도 그랬다. 학대 의심을 받은 엄마는 은지를 어린이집에 보내지 않았다. 은지 엄마는 거짓말을 하고 말을 듣지 않는다는 이유로 종종 네 살짜리 아이를 던지거나 밀쳐서 넘어뜨렸다. 밥을 빨리 먹지 않으면 소금이나 고춧가루를 먹었다. 아이가 토하면 폭행을 했다. 결국 은지는 뇌출혈로 죽었다. 다영이 경우처럼 부모가 문을 열어주지 않아 최근 몇 년간

아동보호전문기관 상담원 유 팀장

얼굴을 보지 못한 준오도 있었다. 다른 지방으로 이사 가면서 유 팀장의 손을 떠난 미솔이, 쉼터 생활을 끝내고 폭력을 휘두르는 아빠가 있는 집으로 돌아가야 하는 유민이도 있었다. 학대가 의심되는 부모와 함께 여행을 갔다 실종된 하정이도 있었다. 하정이의 부모는 눈물을 흘리며 아이가 사라졌다고 했지만…… 그것이 정말 '실종'이었을까. 걱정되고 마음 쓰이는 아이들은 한둘이 아니었다.

은지가 죽고 유 팀장은 상담원 일을 그만두려고 했었다. 아이가 죽은 게 모두 자신의 잘못인 것만 같아 죄책감에 시달렸다. 불과 몇 년 전만 해도 상담원 한 사람이 담당하는 사례가 100건이 넘었다. 그러다 보니 동료 중 상당수가 자신이 관리하던 아이의 죽음을 경험했다. 그런 일을 겪고 나면 대다수가 일터를 떠나갔다. 예산과 인력이 조금씩 늘어 지금은 1인당 80건이 조금 안 되게 맡고 있지만, 1인당 12건을 담당하는 미국의 사회복지사가 들으면 아마 이렇게 물어볼 것이다. 그게 정말 가능한 일이냐고. 새로 접수되는 신고도 끊이지 않았다. 때문에 모든 아이를 같은 비중으로 챙기란 사실 불가능했다. 상황이 어느 정도 해결된 것으로 보이는 집, 덜 위험에 처한 아이는 늘 우선순위에서 밀려났다. 업무량은 많고 스트레스는 높은데 보수는 턱없이 낮았다. 1, 2년 만에 퇴사하는 상담원이 많아 그만큼 전문성을 쌓기 쉽지 않았다. 이 모든 문제는 돌고 돌아 다시 아이들에게 향했다.

나는 왜 계속 여기에 남아 있지.

가끔 유 팀장은 스스로에게 묻곤 했다. 유난히 힘든 하루를 보내고 집에 돌아가는 길, 언제부턴가 편의점에 들러 술을 샀다. 알코올에 의존하지 말아야지, 하면서도 자주 술을 마셨다. 사회복지학을 공부하고 실습을 나가던 시절만 해도 유 팀장은 세상이 나아질 거라고 믿었다. 사회복지사가 돼 아동보호전문기관에서 일하기로 결심한 것은 가장 약한 생명을 돕고 싶었기 때문이었다. 아이들이 살기 좋은 세상을 만드는 데 유 팀장도 벽돌 하나쯤 쌓을 수 있을 거라고 생각했다. 지금은 자신이 벽돌 하나 들어 올릴 힘조차 없는 무력한 존재라는 걸 잘 알고 있었다. 그래서 도망가고 싶은 날들이 더 많았다.

후배 J도 죄책감과 무력감을 이기지 못했다. 운동선수처럼 커다란 덩치에 서글서글하게 잘 웃던 청년 J는 승진이가 죽은 뒤에 일을 그만두었다. 승진이의 부모는 아픈 아이를 병원에 데려가지 않고 수년간 그대로 방치했다. 종교적인 이유 때문이었다. 승진이는 네 살 때부터 매일 누워서 지냈다. 아동 발달에 가장 결정적인 시기들을 혼자 방에 갇혀서 보냈다. 매일 죽지 않을 만큼만 먹이고, 아무도 말을 걸지 않았다. 당연하게도 승진이는 제대로 된 언어를 구사하지 못했다. 아홉 살에 발견된 아이는 뼈가 드러나도록 앙상하게 마른 데다 오랜 세월 동안 한 방향으로만 누워 있었기에 얼굴 한쪽이 납작하게 눌린 상태였다.

"선배, 이게 비유가 아니에요. 사람이 이렇게 될 수 있나 싶을 정도로 이쪽 얼굴이. 아니, 대체 어떻게 그 지경이 되도록 애를. 얼굴 한쪽이 이렇게 평평해. 직접 보고도 믿기 어려웠어요. 더 미치겠는 건, 승진이가 한쪽으로만 누워 있었던 이유가, 승진이 그 애가요, 창밖을 내다보려고 그랬던 거예요. 5년 가까운 긴 세월 동안 그 작은 아이가 얼마나 외로웠으면."

승진이의 부모는 아이를 때리지는 않았지만 방임했다. 그 역시 빈번하게 일어나는 아동 학대였다. 승진이는 고모의 신고로 좁은 방에서 벗어날 수 있었지만, 치료 시기를 놓쳐 결국 세상을 떠났다.

"선배들이 가끔 그러잖아요. 그래도 지금은 세상 많이 좋아진 거라고. 그런데 그게요, 어른들이 한 일이 아니에요. 죽은 아이들이 한 일이야. 아이 하나가 죽어야 그나마, 아주 조금씩 세상이 변해가는 거예요."

J는 화를 누르듯 잠시 말을 멈췄다.

"이런 일 터지면 사람들이 처음에는 분노하고 서명도 하잖아요. 그런데 오래 못 가요. 사람들은 불편한 건 빨리 잊으려고 하거든요. 왜냐면 자기도 힘이 드니까. 그리고 무엇보다 죽어가는 남의 집 아이보다 당장 내 아이 교육 문제가 더 시급하니까. 정치하는 사람들은 잘 알거든요, 투표에 적극적인 사람들이 뭘 원하는지. 그래서 아동 학대 문제는 계속 뒤로 밀려나고 결국 잊혀요. 아이들은 계속 죽고요."

J가 주먹을 꽉 쥐었다.

"젠장. 아이들만이라도 같은 출발선에서 시작하면 얼마나 좋아. 똑같이 보호받고, 똑같이 잘 먹고, 똑같이 꿈도 품고, 그렇게 크면 얼마나 좋아. 모든 아이들을 끌어안고 가는 게 결국 내 아이를 위한 일이기도 한데. 더불어 사는 게 우리 의무인데. 그게 왜 그렇게 어려울까요."

말없이 하늘을 올려다보던 J 얼굴에 쓸쓸한 웃음이 고여들었다.

"하긴. 난 이런 말 할 자격 없죠. 힘들어서 도망가는 주제에 내가 무슨 자격으로."

그때 유 팀장은 J를 잡을 수 없었다. 자기 자신도 하루

아동보호전문기관 상담원 유 팀장

하루가 불안했기에 후배에게 든든한 선배가 되어주지 못했다. J가 떠난 뒤에도 아이들이 죽었고, 그때마다 세상은 아주 조금씩 바뀌었다. 사실 승진이는 더 일찍 발견될 수 있었다. 초등학교 입학을 앞두고 예비소집일에 나타나지 않았을 때. 그때 국가에서 아이를 적극적으로 찾아 나섰더라면, 어쩌면 승진이는 지금 살아 있을지도 몰랐다. 지금은 취학통지서에 응답이 없는 아이, 오랫동안 결석하는 아이에 관한 조사가 예전에 비해 좀 더 철저하게 이루어지고 있기는 하다. J의 말처럼 그것은 어른이 아닌 죽은 아이들이 한 일이었다.

출동 신고가 들어왔다. 이곳에서 멀지 않은 동네였다. 새로 들어온 신고가 아니더라도 이곳에 더 머물 시간이 없었다. 유 팀장은 끝내 다영이를 보지도, 이웃과 얘기를 나누지도 못하고 발길을 돌렸다. 오늘 유 팀장이 찾아가야 할 집, 살아 있음을 확인해야 할 아이들이 아직 많이 남아 있었다.

유튜버 K

"오늘 여러분한테 소개할 친구가 있어요. 바로 이 녀석입니다."

K는 카메라 앞에 작은 고양이 한 마리를 들이밀었다. 잠시 동안 고양이 얼굴이 모니터를 가득 채웠다. K는 능숙하게 고양이를 품에 안았다. 이제 모니터에는 남자의 단단한 상체와 그 안에서 불안하게 떨고 있는 고양이가 담겼다. 언제나처럼 K의 얼굴은 보이지 않았지만, 신뢰감을 주는 낮고 부드러운 음성이 충분히 눈길을 끌었다.

"여러분도 잘 아시다시피 지금 제가 돌보는 길냥이만 일곱 마리잖아요. 다 아픈 녀석들이고요. 그런데 이 녀석을 본 순간, 안 데려올 수가 없었어요. 여기 보세요."

K는 다시 고양이를 모니터 앞으로 내밀었다. 누군가 일부러 불로 지진 듯 고양이는 귀와 얼굴 일부에 화상을 입은

상태였다.

"이거 100퍼센트 사람이 한 짓입니다. 작고, 힘없고, 말 못 하는 동물한테……."

K는 목이 메 말을 잇지 못했다.

"흠흠."

K는 잠시 화면 밖으로 빠졌다. 북받치는 감정을 애써 누르고, 목을 가다듬고, 다시 화면으로 돌아왔다.

"이 녀석도 이제 제 가족이에요. 치료해주고 건강하게 키우려고 합니다. 아마 여기, 화상 입은 눈은 회복이 안 될 수도 있지만, 그래도 이 녀석 좀 보세요. 정말 예쁜 치즈 태비죠. 얘 이름도 지어야 하는데, 뭐가 좋을까요? 치즈? 에이, 그건 너무 성의 없다. 나비? 여러분, 창의력 좀 발휘해 보세요. 그리고 우리 첫째 이름이 나비잖아요."

K는 소리 내 웃었다. 그는 구독자들이 실시간으로 남기는 글을 읽어주고, 질문에 성의껏 답했다. 구독자들의 요청에 따라 고양이의 발을 잡고 인사하듯 가볍게 흔들기도 했다.

"여러분 계속 이름 올려주세요. 결과는 다음 방송 때 발표할게요."

K가 목소리를 가다듬고 말을 이었다.

유튜버 K

"여러분, 아까도 말했지만 제가 돌보는 냥이가 일곱 마리, 아니, 이제 여덟 마리죠. 다 아픈 애들이고요. 지난번에 우리 찰스, 턱시도 입은 녀석이요. 찰스도 여러분이 모금해주신 덕분에 건강해졌듯이, 이번에도 우리 막내 화상 치료 잘할 수 있게 마음을 모아주세요. 천 원이든 만 원이든 금액은 중요하지 않습니다. 이 아이를 생각하는 그 따뜻한 마음이 중요한 거죠. 이제 이 아이는요, 우리가 함께 살리는 거예요. 바쁜 여러분을 대신해서 제가 밥도 주고, 병원도 데리고 다니는 것뿐이지 우리가 함께 키우는 거예요."

방송을 끝내고 K는 고양이를 던졌다. 고양이는 벽에 부딪쳤다 바닥으로 떨어졌다. 작은 동물은 재빨리 균형을 잡고 수납장 아래로 기어들어가 몸을 숨겼다.

"거봐, 내가 약하다고 했잖아."

K가 아내에게 소리 질렀다.

"미친. 지가 방송 못한 걸 탓해야지, 왜 나한테 화풀이야?"

페디큐어에 열중하고 있던 K의 아내가 발가락에서 눈을 떼지 않고 더 큰 소리로 받아쳤다.

"이만큼 지질 게 아니라 반쯤 태웠어야 했다니까."

"야, 좀 적당히 하세요. 지난번에 세게 갔잖아. 세상의 모든 불쌍한 고양이들이 어떻게 K님 앞에만 나타날까요, 참 이상하네요, 뭐 요런 의심 안 들겠냐?"

"학대로 뒈지고, 사고로 뒈지는 것들이 얼마나 많은데 의심은 무슨!"

K는 분이 풀리지 않았다. 방송은 반응이 미지근했다. 입금액이 많지 않을 거라는 것도 충분히 예상할 수 있었다. 아내의 말을 듣지 말았어야 했다. 역시 고양이에게 더 큰 화상을 입히거나 아니면 한쪽 눈알이라도 뽑았어야 했다. 그래야 사람들이 눈물을 흘리며 아낌없이 입금할 테니까.

K와 아내는 중학교에서 만났다. 그저 그런 친구들과 어울려 다니며 술을 마셨고 가출을 했다. 고등학생이 됐을 때 아내가 임신을 했다. 둘 다 학교를 그만두고 K의 엄마가 마련해준 원룸에서 살림을 차렸다. 두 달 뒤 딸이 태어났다. 아내는 '귀요미'라는 의미로 아이 이름을 '요미'라고 지었다.

K는 아기에게 관심이 없었다. 밤잠을 방해하는 짜증스러운 존재일 뿐이었다. 아내는 요미를 예뻐했지만 오래가지 않았다. 요미 때문에 할 수 없게 된 일, 포기해야 하는 즐거운 것들이 너무 많았다. 갓난쟁이는 챙겨줘야 할 것도 많

아 여러모로 귀찮았다. 화장술에 관심이 많았던 아내는 화장품을 사용하고 후기를 남기는 블로그를 시작했다. 뷰티 블로거에 선정된 후에는 제품 협찬을 받거나 원고료를 받았다. 협찬받은 제품은 K가 중고나라에 되팔았다.

그러던 어느 날, K는 아이들이 출연하는 유튜브가 인기를 끈다는 걸 알게 되었다. K는 '어린 부부의 육아 일기'를 콘셉트로 유튜브를 시작했다. 기대했던 것만큼은 아니었지만 수입이 생겼다. 요미가 조금 더 자라 말을 시작하고 한창 귀여운 행동을 할 나이에 K는 '요미TV'를 운영했다. 카메라 앞에서 요미는 엄마가 가르친 말투로 말하고, 걸 그룹 흉내를 내며 골반 댄스를 췄다. 카메라 너머에서 엄마가 신호를 하면 울거나 웃었다. 자극적인 소재의 영상일수록 조회수가 높았고, 부부는 그 점을 적극 활용해 더 많은 돈을 벌었다. 그 무렵이 K가 요미를 예뻐한 유일한 시절이었다. 하지만 아이는 금세 자랐다. 초등학교에 입학한 뒤로 요미TV의 인기가 시들해졌다. 세상에는 더 작고 더 귀여운 아이들이 얼마든지 있었다.

"애들보다 동물이 더 귀엽지 않아?"

아내가 말했다. 말을 듣고 보니 동물을 주인공으로 방송하는 유튜버들이 많았다. K는 요미 대신 동물에게 눈을 돌렸다.

"강아지가 낫겠지?"

"노, 노. 대세는 고양이야."

K는 아내의 말대로 고양이를 선택했다. 처음엔 엄마 잃은 새끼 고양이를 데려왔다. 고양이는 영양 상태가 좋아 보였고 몸이 깨끗했으므로 어미를 잃은 고양이를 구조했다기보다 어미가 잠시 자리를 비운 사이에 새끼를 납치했다고 봐야 옳겠지만, 그런 건 K에게 아무 상관 없었다. 고양이에게 슬픈 사연을 만들어줄 것. 오직 그것만이 중요했다. K는 사람들의 관심이 시들해지면 계정을 새로 만들고 새로운 닉네임으로 다시 방송을 시작했다.

처음엔 사연만 만들어내던 K는 점차 고양이 몸에 손을 댔다. 망치로 다리를 부러뜨린 다음 '교통사고 당한 아깽이, 도와주세요' 영상을 촬영하거나, 가위로 귀를 자르고 철사로 주둥이를 묶은 다음 '학대당한 고양이를 구조했습니다' 영상을 촬영했다. 인터넷 세상에서 이런 일은 흔하게 일어났다. 인적이 드문 도로나 수로에 개를 버리고 마치 유기 동물을 발견한 것처럼 연출하는 일. 고양이를 음식물 쓰레기통에 빠뜨린 뒤 구조하는 것처럼 꾸며내는 일. 보기만 해도 아찔한 난간 위에 작은 강아지를 올려놓고 구출 영상을 찍는 일들. 선한 사람들의 측은지심을 자극하면 쉽게 돈을 벌 수 있었다.

"역시 강아지로 했어야 해. 강아지 눈이 더 불쌍하잖아."

"그럼 접고 다시 시작하시던가요."

아내가 발톱에 말린 장밋빛 페디큐어를 바르며 시큰둥하게 대꾸했다. 화가 풀리지 않은 K가 고양이를 노려봤다. 고양이는 수납장 아래에 납작 엎드린 채로 K를 마주 봤다. 헤이즐넛 빛깔의 눈동자가 불안하게 흔들렸다.

"저게 재수 없게. 야, 너 지금 째려보냐?"

K가 수납장 아래로 손을 집어넣고 고양이를 끄집어냈다. K에게 학대당한 고양이는 끔찍한 고통을 선명하게 기억하고 있었다. 작은 동물은 저항하거나 도망갈 궁리를 하지 못하고 오직 공포에 압도돼 있었다. K가 고양이의 목을 졸랐다. 두려움에 온몸이 뻣뻣하게 굳어버린 고양이는 K의 눈을 피하며 멍하니 허공을 응시했다.

"야, 야, 그만해. 또 죽이려고? 다음 영상은 어쩌고."

아내가 아직 페디큐어를 바르지 않은 발로 K를 툭툭 걷어찼다. 지금 K의 집에는 새로 들인 고양이를 포함해 모두 세 마리가 전부였다. 한 마리는 홧김에 죽였고, 한 마리는 연출의 강도가 너무 센 나머지 죽어버렸고, 나머지는 촬영 분량을 모두 뽑은 뒤에 내다 버렸다.

"에이, 씨발."

아내 말이 맞았다. 다음 영상을 위해서는 아직 고양이가 필요했다. K는 고양이를 풀어줬다. 고양이가 슬금슬금 눈치를 보다 거실로 달아났다.

"야, 진짜 이거 접고 개새끼 데려와서 다시 만들어볼까?"

K가 들뜬 목소리로 말했다.

"흠. 요즘 유기견이 좀 인기지. 견생역전, 뭐 이런 거 있잖아."

"그치? 연예인들이 유기견 입양해서 화제도 되고. 야, 이거 뭔가 터질 것 같다."

K는 뭔가 생각난 듯 거실을 향해 소리쳤다.

"야, 요미야. 그때 니 친구네 유기견 입양했다고 하지 않았어?"

요미는 대답이 없었다.

"야, 요미! 니 친구 누구였지?"

조용했다. K는 짜증이 났다. 요미 방으로 가 문을 거칠게 열었다.

"이년이 아빠가 말하면 째깍째깍 대답을……."

방은 텅 비어 있었다. K는 쿵쾅거리며 걸어가 화장실 문을 열었다. 안에는 아무도 없었다.

"야! 요미 어디 갔어?"

"밤 12시가 다 돼가는데 이 시간에 애가 가긴 어딜 가시겠어요."

아내는 덜 마른 발톱을 입으로 후후 불며 핀잔을 주었다.

"없어."

"응?"

"애가 없다니까!"

"아이, 씨발. 집이 아주 대궐같이 넓어서 애새끼 하나 못 찾으시지."

아내가 짜증스럽게 일어나 요미의 방으로 갔다. 안을 둘러보고 K가 그랬던 것처럼 화장실도 둘러봤다. 둘은 베란다도 내다봤다.

"얘가 어딜 갔지?"

"얘 언제 봤어?"

"글쎄, 언제 봤더라……."

"요미 오늘 학교 갔다 왔어?"

"갔다 왔겠지."

"갔다 왔겠지가 뭐야. 학교는 간 거야? 봤어?"

"갔겠지. 안 갔으면 전화 왔겠지. 그러는 넌 언제 봤는데?"

"나?"

아내의 물음에 K는 기억을 거꾸로 더듬어봤다. 저녁으로 치킨과 맥주를 먹고 있을 때 요미가 있었던가. 정오를 훌쩍 넘겨 일어났을 때 요미를 봤던가. 그 애가 TV를 보고 있던 게 어제였나, 그제였나. 학교 간다고 가방 메고 나가는 걸 본 게 그제였나, 그끄제였나. K는 끝내 대답하지 못했다.

편의점 아르바이트생 오 군

오 군은 기지개를 켰다. 유리벽 너머로 오후의 잘 익은 햇살이 가득했다.

아, 달리고 싶다.

오 군은 생각했다. 몸이 서서히 달아오르는 느낌, 심장이 터질 듯 뛰는 느낌, 숨이 차오를수록 몸이 가벼워지는 그 느낌이 좋았다. 하지만 지금은 달릴 수 없었다. 대신 편의점 계산대 안에서 가볍게 스트레칭을 한 뒤 제자리뛰기를 했다.

올해 초 군에서 제대한 오 군은 내년 합격을 목표로 경찰 공무원 시험을 준비하고 있었다. 편의점에서 아르바이트하며 틈틈이 교재를 봤고, 한가한 시간에는 스마트폰으로 인터넷 강의를 들었다. 강의가 끝나면 가볍게 몸을 풀었다. 기이한 동작으로 스트레칭을 하다 손님을 맞을 때도 있었다. 그럴 때면 더 쾌활하게 웃으며 손님을 반겼다.

오 군은 스마트폰을 열었다. 경찰 공무원 시험을 준비하는 사람들이 모이는 커뮤니티에 들어가려다 멈칫했다. 포털사이트 메인 화면에 뜬 한 줄짜리 기사 제목이 눈에 띄었다.

또, 아이가 사라졌다.

제목을 터치하고, 검지로 화면을 올리며 꼼꼼히 기사를 읽고, 오 군은 한숨을 길게 내쉬었다. 이 동네 얘기였다.

최근 이 근방에서 사건 사고가 잦았다. 인근 야산에 있는 개 농장에서 불이 났는데, 알고 보니 불법 입양 알선 및 장기 매매가 이루어지던 범죄 현장이었다. 이곳에서 멀지 않은 곳에 위치한 다세대주택에서 30대 부부가 죽었고, 그 집 냉장고에서는 아이의 시신이 발견됐다. 그 집에 살던 다른 아이는 여전히 실종 상태다.

그리고 며칠 전 밤. 오 군이 마감할 준비를 하고 있을 때 근처에 사는 젊은 부부가 편의점 안으로 들어왔다. 주로 점심시간을 훌쩍 넘긴 시간에 잠옷 차림으로 찾아와 술과 안줏거리를 사 가는 부부였다. 한 사람씩 다녀가서 몰랐는데, 어느 날인가 아이와 셋이 외출했다 편의점에 들른 적이 있어 그들이 가족이라는 걸 알게 됐다. 그 후로는 다시 따로따로 찾아왔다.

오랜만에 함께 편의점을 찾은 부부는 문을 열고 들어오자마자 계산대로 다가왔다.

"혹시 우리 애 못 봤어요?"

이미 자정이 넘은 시간이었다. 갑작스러운 질문에 오 군은 바로 대답하지 못했다.

"우리 애, 오늘 여기 안 들렀어요?"

"안 왔는데요."

부부는 둘만 알아들을 수 있는 목소리로 몇 마디 나누다 서로를 멍하니 쳐다봤다.

"아이가 집에 아직 안 들어왔나요?"

오 군이 물어도 부부는 대답이 없었다. 아이가 집에 안 들어온 건지, 집에 들어왔다 나간 건지, 그렇다면 그게 언제쯤인지 아무것도 몰랐기 때문이었다. 오 군도 뭔가 더 묻고 싶었지만 상황을 제대로 알 수 없어 더 이상 물어볼 수 없었다. 사실 좀 이상한 느낌이었다. 아이를 찾고 있는 부모치고는 다급해 보이지 않았고, 뭔가를 숨기는 것 같았다. 걱정하는 기색이 드러났지만, 아이의 행방을 알 수 없어서 그렇다기보다 다른 무언가를 신경 쓰고 있는 것처럼 느껴졌다. 부부는 계산대에서 조금 떨어진 곳으로 자리를 옮겨 작은 목소리로 몇 마디 주고받다가 인사도 없이 밖으로 나갔다.

　기사에 나온 아이가 바로 그 젊은 부부의 아이였다. 기사에는 아이가 사라진 날짜와 정황이 자세하게 적혀 있는데, 그 부분에서 오 군은 고개를 갸우뚱했다. 편의점에 찾아온 날 밤, 부부는 아이의 행적에 관해 아무것도 모르는 것처럼 보였기 때문이었다. 오 군은 편의점에 혼자 오던 아이를 떠올렸다. 그때마다 오 군은 아이가 고른 물건을 세심하게 살펴봤다.

　"또 샌드위치 먹어? 집에 부모님 안 계셔?"

　"계세요."

　오 군은 더 묻지 않았다. 하지만 아이가 매번 샌드위치나 도시락, 컵라면, 과자 등으로 밥을 때우는 걸 지켜보고 있었다. 아이가 반소매 옷을 입고 다니던 여름철에는 팔이나 다리에 멍이 든 곳이 없는지 안 보는 척 살펴보기도 했다.

　그 아이가 사라졌다. 가출인지, 납치인지, 사고인지 모르는 채 아이가 없어졌다. 최근 동네에서 일어난 무서운 일들 때문에 오 군은 더욱 마음이 쓰였다.

*

딸랑.

편의점 문이 열렸다. 승호, 진호 형제였다.

"헤이, 브라더, 왔냐."

오 군이 손을 내밀자 승호와 진호가 차례대로 하이파이브를 하고 지나갔다. 아이들은 계산대 앞에 놓인 바구니를 들고 편의점 통로를 천천히 돌며 먹을 것을 골라 담았다.

올 초 오 군이 편의점에서 아르바이트를 시작하고 아직 일이 서툴던 때 승호, 진호 형제를 만났다. 아이들은 편의점 앞에서 한참을 서성이며 눈치를 봤고, 안에 들어와서도 오 군 쪽을 슬금슬금 쳐다봤다. 편의점 안에 있던 손님 하나가 계산을 끝내고 밖으로 나가자 둘 중 큰아이가 쓱 다가와 작은 목소리로 물었다.

"여기서 이거 쓸 수 있어요?"

오 군은 아이가 내민 카드를 들여다봤다. 처음 보는 카드였다. 곧장 대답하지 못하는 오 군에게 아이가 더 작은 소리로 말했다.

"아동 급식 카드요. 이거 쓸 수 있어요?"

아.

오 군은 속으로 조금 놀랐다. 잠시 멈칫했지만, 얼핏 본 기억이 나 상체를 쭉 빼고 계산대 앞을 살펴봤다.

"여기 쓰여 있네. 아동 급식 카드 사용 가능합니다, 라고. 무엇이든 고르십시오, 고객님."

하지만 아이들이 고른 음식 중에 아동 급식 카드로 결제되지 않는 상품들이 있었다. 아이들이 물건을 도로 진열대에 가져다 놓을 때마다 오 군은 등에서 식은땀이 흘렀다.

첫 만남에서는 진땀을 뺐지만, 오 군은 조금씩 능숙해졌다. 컵라면이나 삼각김밥을 사서 집으로 돌아가던 아이들이 오 군과 친해지면서 편의점 간이테이블에서 끼니를 때웠다. 아이들은 매번 쩝쩝 소리를 내며 밥을 먹었다. 허겁지겁 먹느라 자주 음식을 흘렸다. 젓가락도 제대로 사용할 줄 몰랐다. 조금이나마 여유가 있는 부모를 만났더라면 기본적인 식사 예절쯤은 몸에 배어 있을 텐데. 오 군은 코끝이 시큰했다. 그 작은 몸 하나 안길 곳 없고 기댈 곳 없는 아이들. 오 군은 오 군이 근무하는 시간에만 형제가 편의점에 찾아오는 이유를 알고 있었다. 불편한 간이의자에 앉아 밥을 먹고 가는 이유를 알고 있었다. 아이들에게는 배를 채울 음식도 필요했지만, 자기를 바라봐주는 사람도 필요했다. 누군가 자기를 돌봐준다는 느낌이 필요했다. 오 군은 아이들에게 다가갔다.

"봐봐, 형이 어떻게 먹는 게 더 보기 좋나. 1번."

오 군은 일부러 우스꽝스러운 동작으로 라면 먹는 시늉을 했다. 후루룩 쩝쩝 소리를 내고 국물이 사방으로 튀는 상황까지 온몸으로 표현했다. 아이들이 웃음을 터뜨렸다.

"자, 다음은 2번."

이번에는 단정하고 깔끔하게 식사하는 모습을 연출했다. 팬터마임을 하는 배우처럼 티슈를 뽑아 테이블까지 깨끗하게 정리하는 연기를 선보였다.

"1번, 2번. 어떤 게 더 보기 좋아?"

"2번이요!"

아이들이 동시에 대답했다.

"그치? 그리고 천천히, 꼭꼭 씹어 먹어야 형처럼 이렇게 키도 크고 그러는 거야. 대충 씹어 삼키면 영양소가 키로 안 가고 그냥 바로 똥으로 직행하는 거야."

아이들이 와하하 웃음을 터뜨렸다.

"이제 형이랑 약속하자. 형이 없는 데서 밥 먹을 때도 꼭꼭 씹어서 천천히, 깔끔하게 잘 먹는 거다. 알았지? 약속!"

아이들은 차례대로 손가락을 걸고 약속했다. 동생 진호

는 재미있는지 양손 모두 손가락을 걸고 도장을 찍었다.

　이제 아이들은 젓가락질을 제법 잘하게 됐다. 짭짭 소리를 내지 않고, 서두르지 않고 천천히 밥을 먹었다. 오늘 승호, 진호 형제는 컵라면과 도시락, 그리고 구운 계란을 골랐다. 오 군이 권한 이후로 아이들은 하루에 하나씩 꼭 구운 계란을 먹었다. 아이들이 테이블 한쪽에 자리 잡고 앉아 큰 소리로 "잘 먹겠습니다!" 하고 인사했다. 오 군은 아이들이 밥을 먹는 모습을 흐뭇하게 바라봤다. 아이들은 이따금 오 군 쪽을 돌아봤다. 오 군이 자기들을 바라보고 있는 걸 확인하고 안심하며 씩 웃었다.

*

　빗지 않은 듯 엉켜 있는 긴 머리. 계절에 맞지 않는 데다 언니나 오빠의 옷이라도 빌린 것처럼 커다란 티셔츠를 입고 있는 아이. 오 군은 방금 편의점에 들어온 아이를 유심히 살펴봤다.

　아이는 진열대 앞에 서서 신중하게 먹을 것을 고르고 있었다. 아이는 김밥과 과자, 빵, 초콜릿, 바나나우유 따위를 품에 가득 안고 와 계산대에 내려놓았다. 오 군은 물건을 하나씩 집어 바코드를 찍으면서도 슬쩍 아이를 바라봤다. 아이는 가방끈에서 한쪽 팔을 빼고, 등에 멘 가방을 앞으로 돌려 지퍼를 연 다음 돈을 꺼냈다. 5만 원권 지폐였다.

"아."

오 군은 어떻게 말을 꺼내야 할지 망설였다. 어린아이가 편의점에서 5만 원권으로 계산하는 일은 흔치 않았다. 무엇보다 아이의 행색이 마음에 걸렸다. 어떻게 말해야 아이의 기분을 상하게 하지 않을지 잠시 고민했다.

"와, 부모님한테 용돈 받았니?"

오 군이 지폐를 받아 들며 물었다.

"모자라요?"

아이가 불안한 눈빛으로 오 군을 올려다봤다.

"그럴 리가. 잠깐만 기다려."

오 군이 거스름돈을 챙기는 동안 아이는 가방 입구를 한껏 벌리고 안에 구입한 물건을 집어넣었다. 오 군에게 받은 잔돈 역시 가방 안에 넣고 재빨리 지퍼를 닫았다.

"저기."

오 군이 말을 잇자 아이가 동그란 눈으로 쳐다봤다. 불안한 듯하면서도 어딘지 모르게 화가 난 듯 보였다.

딸랑.

편의점 문이 열리고 노인이 들어왔다.

"나 이거 택배 좀 보내줘."

"아, 예. 도와드릴게요!"

오 군이 계산대에서 빠져나오며 아이를 돌아봤다.

"아저씨가 할 얘기 있는데, 잠깐만 기다려줄래?"

혹시라도 혼나는 거라고 생각할까 봐 오 군은 최대한 부드럽게 웃어 보였다. 아이는 대답을 하거나 고개를 끄덕이지는 않았지만 제자리에 가만히 서 있었다. 오 군은 노인에게서 택배를 받아 키오스크 앞으로 갔다.

"난 요것을 도통 모르겠어."

노인이 미안한 얼굴로 웃었다. 오 군이 자기한테 맡기라는 듯 커다란 손으로 상자를 툭툭 두드렸다.

"먼저 이거 누르시고, 그다음에 주소 입력하는 거예요. 어르신 댁 주소 불러주세요."

"응, 우리 집 주소가 경기도……."

주소를 입력하면서 오 군은 아이를 돌아봤다. 아이는 같은 자리에 얌전히 서 있었다.

"이제 받는 분 주소 알려주세요."

"가만있자. 응, 대전광역시."

"네."

"서구."

"네."

오 군이 아이 쪽을 바라봤다. 아이가 없었다. 천장에 달린 거울을 봐도 편의점엔 오 군과 노인뿐이었다.

"어?"

"왜, 기계가 잘 안 돼?"

"아뇨. 어르신, 방금 여기 있던 꼬마 나갔어요?"

"응? 나갔나?"

"잠시만요."

오 군이 편의점 문을 열고 밖으로 나갔다. 일자로 쭉 뻗은 길 이쪽에도, 저쪽에도 아이는 없었다.

"왜, 뭔 일 있어?"

노인이 걱정스러운 얼굴로 따라 나왔다. 오 군은 노인에게 어떻게 설명해야 할지 고민하다 그만두었다.

"아니에요. 마저 도와드릴게요."

발길은 편의점으로 향하면서도 오 군은 도로에서 쉽게 눈길을 떼지 못했다.

목격자 최 모 씨

[단독 보돕니다. 요즘 연일 전해드리는 소식이죠. 이른바 아동 냉동실 살해 사건. 경찰은 사망한 아동과 함께 거주하던 또 다른 아동의 행방을 찾고 있는데, 오늘 이 아동으로 추정되는 인물이 찍힌 CCTV를 저희가 단독으로 입수했습니다. 하승빈 기자가 취재했습니다.]

[한 아이가 편의점 문을 열고 들어옵니다. 물건을 고르고 계산대로 가져가 5만 원권 지폐를 내밉니다. 불안한 듯 주변을 살피며 물건을 가방에 넣고, 거스름돈을 챙겨 밖으로 나갑니다. 인근 골목에서 다른 아이들과 함께 있는 모습이 CCTV에 촬영되기도 했습니다. 지난 XX일, 경기도 XX시 XX동 다세대주택에서 발생한······.]

"어마!"

늦은 저녁을 먹으며 뉴스를 보던 최 씨가 숟가락을 내려놓았다. 흐릿한 CCTV 화면 속에 세 명의 아이가 걷고 있었다. 얼굴은 모자이크 처리해 볼 수 없었지만, 며칠 전에 본 아이들 같았다. 머리를 길게 기른 여자아이 둘. 둘 사이에서 손을 잡고 가는 작은 사내아이 하나. 사내아이는 다리가 불편해 보였다.

"어마, 나 쟤들 본 거 같은데?"

"당신이 봤다고? 어디서?"

"저기 편의점 가는 길 있잖아. 그쪽 골목 어딘가에서 본 것 같은데."

"확실해?"

남편의 물음에 최 씨는 갑자기 자신이 없어졌다.

"글쎄…… 맞는 것도 같고. 아닌 것도 같고."

"에이. 애들이 다 비슷비슷하지 뭐. 그나저나 얼른 범인이 잡혀야지 이거 어디 흉흉해서 살겠어?"

속이 타는지 최 씨의 남편이 국그릇을 들고 후루룩 국물을 마셨다.

"지영이 아빠, 저거 혹시 그놈들 짓 아닐까?"

"뭔 놈?"

"그…… 애들 납치해다가 앵벌이 시키는 그런 조직 있잖아."

"아니 그놈들이 왜 남의 살림집까지 들어가서 애를 납

치해."

"저 위에 산불 난 데. 거기선 아기들 팔아먹고 장기도 꺼내 가고 그랬다며. 이건 앵벌이 조직 같아. 쟤들 봐. 머리며 옷차림이며 꼭 그렇잖아."

"얼굴도 가려놓고 화질도 안 좋아서 잘 보이지도 않는구만. 야, 야, 쓸데없는 소리 그만하고 그 트로트 부르는 프로나 틀어."

*

늦은 아침을 먹고 설거지를 하던 최 씨가 부엌 창문 너머로 기자와 카메라맨을 발견했다. 동네 사람 몇몇이 그들과 얘기하고 있었다. 최 씨는 고무장갑을 벗어 던지고 밖으로 나갔다. 쓰레기를 버리는 척하며 사람들의 말소리에 귀를 기울였다.

"동네에서 안 좋은 일이 자꾸 생기니까 걱정이죠."

"그러니까요. 어른들 사건도 끔찍하지만, 사라진 아이들 말이에요. 이게 납치인지 뭔지 아직 정확히 밝혀진 게 없잖아요. 애들 키우는 입장에서 정말 겁나죠."

"아무래도 납치 가능성이 높지 않아요?"

"그나저나 기자님, CCTV에 찍힌 애들 중 한 명이 그 냉동실에서 죽은 애 동생 맞대요?"

여자 하나가 조심스럽게 물었다. 기자가 말을 아끼며 대답했다.

"친모가 확인 중이라고 합니다."

최 씨가 그들 쪽으로 몇 발짝 더 가까이 다가갔다. 비슷한 애들을 봤다는 얘기를 할까 말까 고민하면서.

"그중 하나가 죽은 애 동생이 맞으면, 다른 애들은 누굴까요? 누구든 간에 다들 걱정이에요. 날도 점점 추워지는데. 어제 뉴스 보니까 걔들 외투도 안 입은 것 같던데. 누가 데리고 있는지 몰라도 애들 밥이나 제대로 먹이고 있나 몰라요."

"그러게요."

"아유, 안 죽이고 무사히만 돌려 보내주면 다행이죠."

모두가 참고 있던 말을 누군가 입 밖에 내놓자 모여 있던 사람들이 안타까운 표정으로 고개를 끄덕였다.

"그런데 왜 아무도 신고를 안 했을까요? 편의점이든, 길에서든, 분명 누군가는 봤을 텐데. 차림새가 보통 애들 같지 않아서 눈에 띄었을 텐데."

"그러니까 말이에요. 편의점도 몇 군데 드나든 모양

인데 왜 이제야. 애들이 맨 마지막에 찾아간 편의점, 거기서 일하는 남자가 경찰에 연락한 거라면서요. 덕분에 근처 CCTV 확인하면서 애들 찍힌 거 발견했다고."

"그래, 요 앞 편의점. 그 청년이 원래 착실하잖아요."

거기까지 듣고 최 씨는 다시 집으로 돌아왔다. 벗어둔 고무장갑을 끼고 설거지를 마저 했다.

나는 왜 신고할 생각을 못 했을까.

동네 마트에서 찬거리를 사 오는 길이었다. 골목 한쪽에 쭈그리고 앉아 놀고 있던 세 아이가 눈에 띄었다. 셋 다 옷이 더러웠다. 아이들이니 놀다 보면 더러워질 수 있다 쳐도 모두 얇은 옷을 입고 있었다. 늦은 가을과 초겨울 사이에 머물고 있는 계절이었다. 어떤 날은 공기 속에서 제법 겨울 냄새가 풍겼다. 추위를 잘 타는 최 씨는 부드러운 니트에 경량 패딩까지 걸치고 있었다. 애들이라 이리저리 뛰어다니다 보면 추운 줄도 모르겠지.

그래도 애들 부모가 너무 했네. 잠시 이런 생각을 했던 것도 기억났다. 하지만 신고해야 한다는 생각으로 이어지지는 않았다. 아이들에게서 신고할 만한 특이점을 느끼지 못했다. 조금 지저분했을 뿐, 아이들은 저희끼리 잘 놀고 있었다. 셋이 함께 있어서 더 쉽게 지나쳤을까. 골목에서 마주치는 아이들은 다들 비슷비슷해 보였다. 놀이터에서 놀고 있는 아이들도 마찬가지였다. 아마 그래서 특별한 생각을 하지 못하고 지나쳤을 것이다. 아이 혼자 울고 있었더라면 최 씨도 멈춰 서서 물어봤을까. 애야, 왜 울고 있니, 하면서. 그보다 당시 최 씨 머릿속은 김장 배추로 가득했다. 마트에 갈 때마다 배추며 소금이며 너무 비싸서 그냥 돌아섰는데, 그날도 김장을 마냥 미룰 수만은 없지 않나 고민하며 집으로 향했던 것이다.

최 씨는 설거지를 마치고 마른 수건으로 그릇을 닦은 다음 그릇장에 가지런히 넣어두었다. 반짝이는 살림살이를 봐도 마음이 개운하지 않았다.

문득 지난밤에 남편이 했던 말이 떠올랐다.

애들이 다 비슷비슷하지 뭐.

최 씨는 문득 그 말이 무섭게 느껴졌다.

미혼모 강 모 씨

"자기야, 내가 잘못했어. 미안해."

강 씨가 또 한번 사과했다. 벌써 같은 말만 여러 번 반복하고 있었다. 남자친구는 아무 말이 없었다. 전화 통화 중이라 상대방에게 보일 리 없는데 강 씨는 두 손을 모아 싹싹 빌었다.

"자기야, 내가 이렇게 빌게. 잘못했어요. 제발 화 풀어, 응?"

강 씨 옆으로 지유가 다가왔다. 배가 고픈 모양이었다. 강 씨는 귀찮다는 듯 아이를 쓱 밀치고 시리얼 상자가 놓인 쪽을 가리켰다. 지유는 엄마가 가리킨 곳으로 걸어갔다. 이미 시리얼 상자를 열어보고 안이 텅 비어 있는 걸 확인했지만, 다시 한번 상자 안을 하나씩 확인했다. 강 씨는 지유와 눈이 마주치자 등을 돌리고 앉아 통화를 이어갔다.

라디오에서 댄스곡이 흘러나왔다. 남자친구에게 전화를 걸기 전까지 강 씨가 듣고 있던 방송이었다. 지유가 채널을 돌렸다. 클래식 음악이나 팝송, 가요를 들려주는 프로그램을 차례로 지나 나직한 말소리가 이어지는 곳에서 멈췄다. 16개월 아기 지유는 잠자는 시간 외에 주로 라디오를 들으며 시간을 보냈다. 집에 아이가 가지고 놀 만한 장난감이 없는 게 그 이유이기도 했지만, 지유는 유독 사람들이 말하는 소리를 좋아했다. 말소리를 듣고 있으면 누군가 곁에 있는 기분이었다.

지유는 라디오 옆에 비스듬히 누워 귀를 기울였다. 아직 어려서 내용을 이해하지 못해도 음성과 말투에서 온기와 안정감을 느꼈다.

[예고해드린 대로 오늘 뉴스줌 코너에는 아주 특별한 분과 전화 연결이 준비돼 있습니다. 요즘 연일 화제가 되는 뉴스죠. 이른바 아동 냉동실 살해 사건이라 불리고 있는 안타까운 일인데요. 살해된 아동의 동생, 지금 실종 상태죠, 아이들의 어머니께서 어젯밤 이 실종 아동의 실명과 사진을 공개했습니다. 여섯 살 이유나 양. 지금 유나 양의 어머니와 전화가 연결돼 있습니다. 유나 어머니, 먼저 힘든 상황에서 이렇게 인터뷰에 응해주셔서 감사합니다.]

미혼모 강 모 씨

[네에.]

[아이 이름과 사진을 방송국과 언론사를 통해 공개하셨는데 정말 어려운 결심하셨어요.]

[네. 하루빨리 우리 유나가 돌아오길 바라는 마음에서요.]

[저를 비롯해서 지금 방송 듣고 계신 많은 청취자 여러분께서 간절히 바라는 게 바로 그겁니다. 우리 유나가 빨리, 무사히 엄마 품으로 돌아오는 것.]

[네. 감사합니다.]

[어머니, 유나를 마지막으로 본 게 언제쯤인가요?]

[저는 그…… 애들 아빠랑 헤어지고는 전화 통화만 겨우 했어요.]

[아, 만나진 못하고 전화 통화만.]

[네. 그러니까 한 2년 정도 못 본 거예요. 제가 방송국에 드린 사진도 2년 전 사진이고요.]

[그렇죠. 2년 전 유나 모습, 그리고 CCTV에 찍힌 현재 모습. 지금 이렇게 공개됐어요. CCTV는 어머니가 직접 확인하셨고요.]

[네. 화질이 별로라. 그래도 저는 알죠. 우리 유나 맞아요.]

[아니, 그런데 어떻게 2년 동안 아이를 못 보시고. 참 안타깝습니다.]

[애들 아빠 외도로 이혼했거든요. 애 아빠랑 사이가 워낙 안 좋았어요. 너무 안 좋게 끝나서 애들이랑 통화하는 것도 쉽지 않았어요. 그

여자 들어와서 같이 사는 걸 알고 저도 뭐랄까요, 오기가 생겼다고 해야하나. 제가 형편이 빨리 나아져야 애들을 데려올 수 있으니까 보고 싶어도 참았어요. 목소리 듣고 싶어도 꾹 참고. 정말 이런 일이 생길 거라곤……]

　　[아이고. 유나 어머니. 참. 가슴이 아픕니다. 조금만 진정하시고요……]

　　라디오에서 울먹이는 소리가 흘러나왔다. 지유는 작은 몸을 웅크렸다. 사람들이 주고받는 말이 무얼 의미하는지 이해하지는 못했지만, 점점 마음이 불안해졌다. 지유는 몸을 동그랗게 말고 라디오에서 오가는 말에 귀를 기울였다. 울음이 터질 것 같았지만, 지유는 어두운 낯빛으로 그저 눈만 끔벅거렸다.

　　[……올해 여섯 살 된 이유나 양. 사진은 포털사이트 뉴스 섹션이나 저희 프로그램 홈페이지 게시판에서도 확인하실 수 있습니다. 청취자 여러분께 부탁드립니다. 아이의 사진을 확인하시고 주변을 유심히 살펴보시길 간곡히 부탁드립니다. 한 사람, 한 사람의 관심이 아이를 찾는 기적을 부를 거라 믿으면서 오늘 전화 연결 마무리하겠습니다. 유나 어머니. 감사합니다.]

미혼모 강 모 씨

[감사합니다.]

통화를 끝낸 강 씨는 아까와는 다르게 들떠 있었다. 남자친구가 화를 풀었기 때문이었다.

"지유야, 배고파?"

강 씨는 상냥한 목소리로 아이를 찾았다. 아이는 구석진 곳에 누워 잠이 들어 있었다. 아이 머리맡에 놓인 라디오에서 따분한 뉴스가 흘러나왔다.

"쬐끄만 게 뭘 이런 걸 들어."

강 씨는 다이얼을 돌렸다. 최신 인기 가요를 들려주는 프로그램에 채널을 고정하고 화장대 앞에 앉았다. 눈썹을 그리고 마스카라를 바르다가 후렴구에 맞춰 걸 그룹 댄스를 췄다. 강 씨는 남자친구를 보러 갈 계획이었다.

강 씨는 혼자 지유를 낳았다. 물론 혼자 지유를 만든 건 아니었다. 함께 아이를 만든 남자는 강 씨가 임신한 사실을 알고도 떠났다. 강 씨가 만난 남자들은 대부분 형편없었고, 그에 걸맞게 무책임했으며 마음이 금방 변하는 사람들이었다. 그럴수록 강 씨는 남자들에게 매달렸다. 지유 아빠가 이별을 고했을 때 강 씨는 아이를 핑계로 매달리고 또 매달렸다. 그러는 동안 배는 점점 불러왔다.

강 씨는 단칸방 반지하 집에서 혼자 아기를 낳았다. 남자가 다시 돌아오지 않을 거라는 확신이 들었기에 강 씨는 아기를 버리기로 했다. 몸을 추스른 다음, 인적이 드문 새벽에 미리 봐둔 교회로 향했다. 교회 앞에는 베이비박스가 있었다. 강 씨가 아기를 내려놓으려는 순간 건물 안에서 사모가 나왔다. 목사 부부의 설득과 목격자가 생겼다는 불안감으로 강 씨는 아기를 기르기로 하고 출생신고를 했다. 자신의 성을 따 '강지유'라는 이름도 지어주었다.

그때 그놈한테 매달릴 게 아니라 진작 병원에 갔어야 했는데.

그때 정말 재수가 없었지. 그 이른 시간에 사모와 마주칠 줄 누가 알았어.

강 씨는 아직도 지난날의 몇몇 순간을 떠올리며 안타까워했다.

아주 가끔은 지유가 유용할 때도 있었다. 어떤 남자들은 혼자 아이를 키우는 강 씨에게 연민을 갖고 접근했다. 그럴 때 강 씨는 지유를 십분 활용했다. 아이 성장에 필요한 음식을 챙겨 주었고, 깨끗하게 씻기고, 예쁜 옷을 입혔다. SNS에 지유 사진을 올리고 사랑이 묻어난 글을 남겼다. 하지만 남자들이 떠나가면 그 슬픔과 분노를 지유에게 풀었다. 그런 일들이 반복되면서 아이는 더 이상 웃지 않았다.

사실 출산 경험이 처음은 아니었다. 이제 몇 년 전인지 기억도 제대로 나지 않는 그때, 강 씨는 남자에게 버림받은 채 반지하 방에서 혼자 아기를 낳았고, 젖도 물리지 않고 그대로 두었다. 배고픈 아기가 울어대자 이불을 덮어두었다. 그 일을 일부러 떠올리지는 않지만, 어쩌다 생각이 나면 강 씨는 스스로에게 변명하듯 말했다. 그땐 실연의 아픔으로 제정신이 아니었다고. 강 씨는 죽은 아기를 가방에 넣고 아무 연고도 없는 먼 곳으로 갔다. 아기는 이름도 없이 사흘도 채 안 되는 짧은 생을 반지하 방에서 머물다 아무도 모르게 죽었고, 아무도 모르게 강물 깊숙이 가라앉았다.

노래를 흥얼거리며 강 씨가 구두를 신었다. 지유는 아직 잠을 자고 있었다. 잠에서 깨어나 엄마가 없어도 놀라서 울지는 않을 것이다. 그런 일로 우는 건 이미 오래전에 끝났다. 16개월 지유의 눈빛은 이미 체념으로 가득했다.

강 씨가 현관에 달린 거울 앞에서 빙긋 웃었다. 아직 젊고 예쁜 자신이 마음에 들었다. 빨리 남자친구에게 가고 싶었다. 가기 전에 마트에 들러 해물찜 재료를 살 계획이었다. 매콤한 해물찜을 만들어 남자친구의 기분을 풀어주고 짧게는 이틀이나 사흘, 길게는 일주일 정도 머물다 올 것이다.

강 씨는 지유에게 죄책감을 갖지 않았다. 아이는 언제든 이곳에서 자신을 기다려주겠지만 남자들은 기다려주지 않는다는 걸 잘 알고 있었다. 그러므로 강 씨는 남자친구에게 가는 게 당연하게 느껴졌다. 시리얼 상자가 텅 비었다는 사실을 깜빡 잊고 강 씨는 현관문을 열고 밖으로 나갔다. 언젠가 이 사랑도 끝이 나겠지만, 어쨌든 지금 강 씨는 행복했다.

*

강 씨가 현관문을 열었다.

"엄마 왔다."

먹을 것이 가득한 봉투를 흔들며 강 씨가 안으로 들어왔다. 집은 냉기로 가득했다. 보일러를 틀지 않은 탓도 있겠지만, 그렇다 쳐도 집 안에는 구석구석까지 찬 공기가 꽉 들어차 있었다.

"지유?"

강 씨는 주방을 휙 둘러보고 방으로 들어갔다. 아이가 보이지 않았다. 강 씨가 외출했다 돌아올 때마다 현관으로 다가와 먹을 것부터 찾던 아이였다.

"강지유!"

강 씨가 큰 소리로 아이를 불렀다. 어디선가 들어오는 찬 바람도 신경이 쓰였다. 활짝 열린 욕실 문을 발견했다. 바람은 그곳에서 불어오고 있었다.

"응?"

욕실 안을 들여다보고 강 씨는 혼란을 느꼈다. 깨진 창문이 활짝 열려 있었다. 반지하 집에는 방에만 방범창이 달려 있었다. 집주인은 창문이 작다는 이유로 욕실에는 방범창을 달아주지 않았다. 강 씨는 집 안 곳곳을 살폈다. 아이는 어디에도 없었다.

사라진 아이.

깨진 욕실 창문.

16개월 된 아기가 창문을 통과해 밖으로 나갔다는 건가. 지유는 혼자서 현관문도 열지 못하는 아이였다. 그러니 창문으로 빠져나갔다는 건 더더욱 불가능한 일이었다. 말이 안 된다고 고개를 저으면서도 강 씨는 그 외 다른 생각을 하지 못했다. 그러다 문득 요즘 포털사이트에 자주 보이는 뉴스가 떠올랐다. 사라진 아이들에 관한 것이었다. 흘려 본 뉴스들이 강 씨가 살고 있는 바로 이 동네에서 일어난 일들이라는 사실을 떠올리자 온몸에 소름이 돋아났다.

임신부 신 모 씨

가장 처음의 기억이 뭐야.

언젠가 남편이 물었을 때, 신 씨는 처음으로 '첫 번째 기억'에 관해 생각했다. 신 씨는 대답 대신 남편에게 되물었다. 당신이 처음 기억하는 일은 어떤 거냐고. 남편은 동생이 태어날 무렵이 생생하다고 했다. 남편의 아버지, 그러니까 신 씨의 시아버지가 남편이 타던 꼬마 자동차나 장난감 말 같은 것들을 마당에 모아두고 남편에게 말했다. 곧 동생이 태어날 테니 네가 가지고 놀던 장난감은 모두 동생에게 물려주자고. 어린 남편은 동생에게 줄 바엔 모두 갖다 버리겠다며 화를 냈는데, 그 모습이 귀여웠던 아버지는 일부러 짓궂게 아들을 골려주었고 결국 남편은 울음을 터뜨렸다고 했다. 동생이 태어나던 날도 선명하게 기억난다고 했다. 남편과 시누이는 세 살 터울이니 첫 번째 기억이 상당히 빠른 편이었다.

　그 뒤로 신 씨는 기회가 될 때마다 다른 사람들에게 물었다. 가장 처음의 기억이 몇 살 때냐고. 남편처럼 빠른 편에 속하는 사람도 있었고, 대부분 늦어도 일곱 살 무렵의 일들은 기억하고 있었다.

　남들에게 말하지 않았지만, 남편에게 질문을 받은 뒤로 신 씨는 자신의 첫 번째 기억에 관해 꽤 자주 생각했다. 정확히 몇 살 때인지는 몰라도 글자를 읽을 수 있었던 것만은 분명히 기억났다.

　첫 번째 기억 속에서 신 씨는 엄마와 둘이 소풍을 갔다. 차를 타고 아주 멀리 떠났고, 엄마는 운전하는 내내 아무 말이 없었다. 오랜 시간 달려 도착한 곳이 산인지 언덕인지 들판인지 정확히 기억나지는 않았다. 신 씨는 나무 그늘 아래 앉아 얌전히 놀았다. 짙은 초록색 나뭇잎 사이로 햇살이 스며들어 돗자리 위에 아름다운 무늬를 만들었고, 바람이 불 때마다 무늬들이 살아 움직이는 것처럼 모양을 바꿨다. 고개를 들면 초록 잎마다 햇빛이 투과해 가느다란 잎맥까지 세세하게 볼 수 있었다. 하늘을 향해 해바라기처럼 펼친 신 씨의 작은 손에도 햇빛이 쏟아져 하얀 손가락 끝이 태양빛으로 붉게 물들었다. 엄마는 조금 떨어진 곳에 있었다. 신 씨에게 돗자리에서 벗어나지 말라는 얘기를 하고 엄마는 나무가 우거진 쪽에 있다 한참 후에 돌아왔다. 그것이 신 씨의 첫 번째 기억이었다.

*

신 씨는 따뜻한 루이보스 차를 마시며 베란다에 놓인 티 테이블에 자리 잡았다. 창 너머로 초겨울의 햇살이 유리 조각처럼 떨어지고 있었다. 문득 어느 여름날에 보았던 풍경이 떠올랐다.

비가 내린 다음 날이었다. 남편과 늘 다니는 산책로 곳곳에 물웅덩이가 있었다. 남편의 손을 잡고 조심조심 걷다가 신 씨는 잠자리를 발견했다. 잠자리는 웅덩이에 알을 낳고 있었다. 신 씨는 걸음을 멈추고 잠자리를 지켜봤다. 작은 곤충은 쉼 없이 날갯짓을 하며 생명의 기운을 품은 노란 씨앗을 하나, 하나, 물에 심고 있었다. 한낮에는 태양이 모든 것을 태워버릴 듯 뜨거웠다. 신 씨는 생각했다. 내일이면 물이 다 말라버릴 텐데, 너희들 소용없는 일을 하고 있구나. 웅덩이에는 파란 하늘이 들어 있었다. 왜인지 모르게 눈물이 터져 신 씨는 남편의 손을 놓고 앞장서 걸었다.

지금 신 씨의 자궁 안에는 작은 생명이 들어 있었다. 남들이 신 씨를 볼 때 아직은 임신부인지 잘 모르지만, 신 씨 자신은 다른 생명이 몸 안에서 살아 움직이고, 매일 자라고 있다는 걸 느끼고 있었다.

사실 신 씨는 자신이 없었다. 아이를 품고, 아이를 낳고, 아이를 기르는 일. 그 일이 세상에서 가장 두렵게 느껴졌다. 성정이 고운 남편은 그런 신 씨를 천천히 기다려주었다. 남편을 보면 분명 좋은 아빠가 될 거라는 걸 알 수 있었다. 하지만, 신 씨 자신이 좋은 엄마가 될 수 있을지 스스로 자신할 수 없었다.

성인이 된 뒤에 신 씨는 자주 엄마에게 묻고 싶었다.

나 어릴 때 길을 잃거나 산속 같은 곳에 혼자 남겨진 적 있어요?

나 어릴 때 화상 입은 적 있어요?

신 씨는 걱정이 많은 편이었다. 외출할 때마다 문이 제대로 닫혔을지 걱정하고, 가스는 잘 잠갔는지, 아로마 향초를 껐는지 걱정하는 식이었다. 사랑하는 사람을 잃게 될까 봐 먼저 떠나버린 적도 있었다. 아이를 갖기 전에는 좋은 엄마가 될 수 있을지 걱정했고, 임신한 뒤에는 열 달 동안 아이를 잘 품을 수 있을지 걱정했다. 걱정은 꽤 자주 불

안과 공포로 몸집을 키웠다. 신 씨는 아직 태어나지도 않
은 아기를 침대 아래로 떨어뜨릴까 봐 두려웠다. 아이가 잠
을 자지 않고 밤새워 울거나, 밥을 잘 먹지 않거나, 배변을
잘 가리지 못한다는 이유로 때리지는 않을지 두려웠다. 또,
신 씨는 유난히 펄펄 끓는 물을 무서워했다. 어릴 때 뜨거
운 물에 심하게 데었고 그것이 트라우마로 남았나 싶어 온
몸을 샅샅이 살펴봤지만 화상 흉터 같은 건 없었다. 신 씨
는 아직 태어나지도 않은 아기에게 화상을 입힐까 봐 두려
웠다. 이 모든 감정은 단순한 두려움을 넘어 살갗에 소름이
돋을 만큼 생생하게 느껴졌다. 떠오르지 않는 기억의 그림
자를 밟은 듯 목덜미가 서늘했다. 신 씨는 이 모든 이유가
자신이 기억하지 못하는 어린 시절의 일에서 비롯됐을 거
라고 짐작했다.

　신 씨는 엄마에게 묻고 싶은 말들을 한 번도 묻지 못했
다. 어쩐지 입 밖에 내서는 안 될 금기어처럼 느껴졌다. 어
떤 대답은 유년기에 비밀스럽게 남아 있었다.

*

　나쁜 꿈을 꾸었다.

꿈속에서 신 씨는 깊은 산속에 있었다. 그곳에서 혼자 아기를 낳았다. 아기는 죽은 채로 태어났다.

신 씨는 슬픈 동시에 겁이 났다. 죽은 아기를 버려둔 채로 뒷걸음질 쳤다. 산속엔 점점 어둠이 내려앉고 있었다. 신 씨는 맨발로 거친 길을 달렸다. 어디선가 아기 울음소리가 들렸다. 돌아보니 어둠 속에서 누군가 죽은 아기를 안고 있었다. 아기를 안고 있는 사람은 또 다른 신 씨였다.

베개가 축축했다. 온몸이 땀으로 젖어 곧 한기가 느껴졌다. 오스스 소름이 돋았다. 꿈에서 깬 뒤에도 신 씨는 한동안 가쁜 숨을 내쉬었다.

좋은 엄마가 될 수 있을까.

신 씨는 또다시 불안감에 사로잡혔다. 이런 생각들이 배 속 아기에게 좋지 않다는 걸 알면서도 신 씨는 감정을 주체하지 못하고 결국 울음을 터뜨렸다.

*

신 씨는 출근하는 남편과 함께 서울로 향했다. 남편은 신 씨의 엄마가 살고 있는 아파트에 신 씨를 내려주고 회사로 출근했다.

"얼굴이 까칠해졌구나."

문을 열자마자 엄마가 말했다.

"어제 제대로 못 잤어요."

신 씨가 대답하며 안으로 들어갔다.

"밥은 잘 먹니?"

"네."

모녀는 더 이상 말이 없었다. 신 씨가 결혼하기 전에도 살가운 사이는 아니었고, 결혼 후에 조금 더 어색해졌다. 모녀라기보다 서로에게 예의를 갖추며 적당히 거리를 두고 관계를 이어가는 사람들 같았다. 엄마는 신 씨가 태어나고 얼마 되지 않아 이혼했고, 혼자 신 씨를 키우며 북한강이 내려다보이는 곳에서 갤러리 카페를 운영해 돈을 모았다. 신 씨의 기억 속에서 엄마는 언제나 흐트러짐 없는 차림으로 세련된 화장을 하고 있었다.

"가까운 호텔에 가서 점심 먹을까? 아니면 요 앞 카페에서 브런치도 좋고."

"잠깐 생각해볼게요."

신 씨는 창가에 놓인 의자에 앉았다. 창밖으로 벌거벗은 나무들이 쓸쓸하게 서 있었다.

머지않아 첫눈이 내리겠지.

다큐멘터리 작가로 일하던 시절, 몽고의 고비사막으로 촬영 갔던 날들이 떠올랐다. 사막의 밤은 아름다웠다. 모래 언덕 위로 바람의 그림자가 지나가고, 낙타 목에 걸린 방울 소리가 아주 먼 곳까지 울려 퍼졌다. 해가 지면 완벽한 어둠에 잠겼다가 이내 불이 켜지듯 하나둘 별이 떠오르고, 달빛이 환해 조명등 없이도 사랑하는 이에게 편지를 쓸 수 있던 곳. 그 밤, 신 씨는 가이드에게서 아름답고도 슬픈 얘기를 들었다.

몽고에서는 9월 무렵 첫눈이 내립니다. 워낙 건조한 지역이라 9월의 첫눈이 그해의 마지막 눈이 되기도 하지요. 기온은 차갑고 바람은 거칠고. 그래서 9월에 내린 눈이 녹지 않고 오랫동안 바람을 타고 날아다니기도 합니다. 이듬해 봄까지…….

해마다 겨울이 오면 신 씨는 고비사막을 떠올렸다. 차가운 모래에 닿을 듯 부유하다 이내 바람을 타고 높이 솟아오르는 눈송이들을 떠올렸다. 언제 내렸는지 알 수 없는 눈송이들이 아주 오래전에 신 씨가 살았던 시간들 같다고 생각했다.

"아직 입덧을 하니?"

임신부 신 모 씨

엄마가 걱정스러운 얼굴로 다가왔다. 생각에서 빠져나오느라 신 씨는 조금 천천히 대답했다.

"아니에요."

"태동은 느껴지고?"

엄마의 손이 신 씨의 아랫배로 향했다. 순간, 기억의 벽을 깨부수고 어떤 장면 하나가 튀어나왔다. 또박또박 이름을 적어둔 빨간 책가방. 그 뒤로 기억의 파편들이 예보에 없던 우박처럼 쏟아졌다. 신 씨가 자리에서 벌떡 일어났다.

"오지 마."

신 씨가 떨리는 목소리로, 그러나 단호하게 말했다.

"가까이 오지 마."

신 씨가 두 손으로 아랫배를 감쌌다. 일종의 보호 본능이었을까. 신 씨는 잃어버린 기억들을 되찾았다. 어린 신 씨가 살기 위해 스스로 지워버린 기억, 그리고 이제 엄마가 된 신 씨가 살기 위해 도로 끄집어낸 기억이었다.

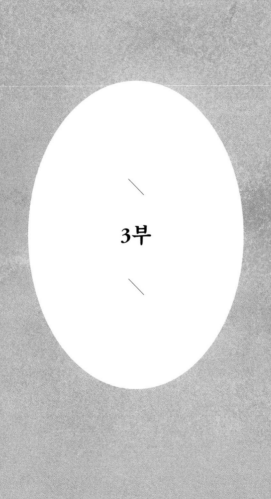

3부

얼마나 달렸을까.

나뭇가지 사이로 도로가 보였다. 이따금 자동차들이 지나갔다.

아이는 나무 뒤에 숨어 도로 쪽을 살폈다. 등 뒤에 있던 도우너가 궁금한지 고개를 빼꼼 내밀었다.

"어어!"

도우너가 자동차를 가리키며 환호했다.

"쉿."

아이가 검지를 입에 가져다 대자 도우너가 고개를 끄덕였다. 아이는 도우너를 품에 안고 생각했다. TV를 통해 바깥세상을 구경하기는 했지만, 막상 그곳에 발을 디디려니 겁이 났다. TV에서 본 세상에는 맛있는 것도 많고, 신기한 것도 많았다. 하지만 그곳에는 남자처럼 아이들을 데려가

'지하실의 개'로 사육하는 사람들도 있을 것이다. 그런 생각을 하자 아이는 겁이 났다.

"어어."

도우너가 지친 얼굴로 아이의 옷자락을 잡아당겼다. 다리도 아프고 배도 고플 것이다. 아이는 주변을 살폈다. 일단 산길에서 벗어나 나무가 우거진 곳에 몸을 숨기기로 했다.

아이는 커다란 나무 아래에 자리를 잡았다. 도우너에게 물을 먹이고 작게 뭉쳐 온 밥을 손에 쥐여주었다. 실내와는 다르게 바깥은 바람이 꽤 차가웠다. 아이는 가방을 뒤져 도톰한 티셔츠를 꺼내 도우너에게 입혔다. 아이도 티셔츠를 하나 더 껴입었다.

가방 안에는 물과 먹을 것, 옷가지와 약, 그리고 돈이 들어 있었다. 아이는 TV를 통해 돈이 무척 중요하다는 것을 배웠다. TV에서 본 사람들은 모두 깊숙한 곳에 돈을 감췄다. 남자도 마찬가지였다. 아이는 남자 침대 밑에 있는 상자 안에 돈이 가득하다는 걸 알고 있었다. 탈출을 계획한 뒤로 남자가 배식하러 지하실에 내려갈 때마다 돈을 조금씩 꺼내 가방에 숨겨두었다. 돈을 들고나오기는 했지만, 막상 그것을 어떻게 써야 할지 막막하고 겁이 났다. 아이는 도우너에게 물과 밥을 충분히 먹이고 자신은 겨우 갈증만

해소했다.

멀리서 요란한 소리가 들려왔다. 밥을 먹던 도우너가
놀라 아이 품에 안겼다. 소리가 점점 가까워졌다. 아이는 몸
을 낮추고 나뭇가지 너머로 도로 쪽을 바라봤다. TV에서
본 적 있는 빨간 불자동차 여러 대가 산길로 올라갔다. 아
이가 살던 집으로 이어지는 길이었다.

아이는 가방을 챙기고 도우너의 손을 잡았다. 그리고
다시 달리기 시작했다.

*

아이가 흠칫 몸을 떨었다.

깜빡 잠이 든 아이는 꿈속에서도 달렸다. 달리다 돌부
리에 걸려 넘어지는 바람에 잠에서 깨어났다. 도우너는 아
이 품에서 달게 자고 있었다. 세상은 아직 어두웠다. 도로에
간간이 서 있는 가로등 불빛, 이따금 도로 위를 달리는 자
동차 불빛이 전부였다. 밤이 되니 기온이 더 낮아져 아이는
도우너를 꽉 끌어안았다. 도우너가 무서운 꿈을 꾸지 않도
록 등을 토닥거리다 아이도 까무룩 잠들었다.

"어어!"

도우너가 도로를 가리키며 소리 질렀다. 깡충거리며 손뼉을 쳤다. 도로에 빨간색 버스가 서 있었다. 동그란 눈으로 활짝 웃고 있는 '가니'였다. TV에서 보던 〈꼬마버스 타요〉의 주인공을 직접 보고 아이 역시 눈이 동그래졌다. 집을 떠난 뒤로 아이는 처음 웃었다.

아이는 야산에 숨어 한동안 트럭을 관찰했다. 같은 장소에서 트럭들이 멈췄고, 물건을 내려놓거나 실은 다음 다시 어디론가 떠났다. 운전사가 차에 오르고 난 뒤 짐칸에 올라탈 시간이 충분하다는 판단을 하고 아이는 도우너와 함께 도롯가로 나와 기회를 엿보고 있었다.

1톤 트럭에 짐을 싣고 운전사가 차에 올랐다. 입간판 뒤에 몸을 낮추고 있던 아이가 도우너의 손을 잡고 달렸다.

트럭에 도착하자마자 아이는 도우너를 짐칸에 태웠다. 짐칸에 가방을 던져 넣고 아이도 재빨리 올라탔다. 천막을 두른 짐칸 안쪽으로 기어들어가 몸을 낮췄다. 잠시 뒤 시동이 걸리며 차가 출발했다. 조금 전까지 아이가 몸을 숨기고 있던 입간판이 점점 멀어졌다.

트럭은 쉬지 않고 도로를 달렸다. 얼마쯤 달리자 차들이 더 많고 높은 건물이 보이는 곳에 도착했다. 트럭은 잠시 멈췄다 다시 출발하기를 반복하며 주택가로 진입했다. 좁고 구불구불한 길을 느린 속도로 달리다 트럭이 멈췄다.

아이는 가방을 앞으로 메고 도우너를 등에 업은 다음 트럭에서 내렸다. 도우너의 손을 잡고 비좁은 골목으로 들어가 몸을 숨겼다.

*

아이는 벽 너머로 사람들을 바라봤다. 신기하기도 하고 무섭기도 했다. 지금까지 남자, 도우너, 그리고 아이를 낳으러 온 여자들과 '지하실의 개들'을 본 게 전부였는데, 이 세상에는 정말 많은 사람들이 살고 있었다. 남자처럼 키가 큰 사람도 보였고, 여자들도 보였다. 어린아이들이 저희들끼리 웃으면서 지나가는 모습도 여러 번 봤다. 이곳에는 남자 같은 사람이 없는 모양이었다. 그렇다 해도 안심할 수는 없었다. 남자가 아이를 찾아 세상 구석구석을 뒤지고 있을지도 몰랐다. 남자를 확실하게 처리하지 못했으므로 아이는 평생 불안에 떨며 살아야 할 것이다. 그렇다고 마냥 숨어 있을 수는 없었다. 이제 아이에게는 먹을 것과 마실 것이 필요했다.

아이는 도우너의 손을 꼭 잡고 골목으로 나왔다. 아이들을 마주칠 때면 겁이 나지 않았지만, 어른들을 마주칠 때마다 몸이 바싹 긴장했다. 아이는 아이들이 보이는 쪽으로 방향을 잡고 움직였다.

*

아이는 벌써 편의점 앞에서 30분째 서성거리고 있었다. TV에서 본 그곳에는 먹을 것이 많았다. 남자가 이따금 사다 주던 아이스크림도 있었고, 물이나 과자, 빵 같은 것도 가득했다.

아이는 TV에서 본 장면을 떠올리며 물건을 구입하는 방법을 여러 번 생각했지만, 도무지 안에 들어갈 용기가 나지 않았다. 게다가 30분 동안 지켜본 결과 사람들은 돈이 아닌 작고 네모난 것을 건네주고 물건을 받았다. 남자에게는 없는 물건이었다.

"어어."

편의점을 직접 보고 잔뜩 들뜬 도우너가 안으로 들어가자며 칭얼거렸다. 아이는 도우너의 손을 잡고 맞은편에 서서 가게 안쪽을 살폈다. 누군가 돈을 건네고 물건을 받는 모습을 목격한 뒤에야 마침내 아이는 용기를 낼 수 있었다.

아이는 편의점 문을 열고 안으로 들어가 진열대 사이를 천천히 돌았다. 신이 난 도우너가 처음 본 과자 봉지를 집어 들었다. 알록달록 고운 빛깔의 사탕도 손에 쥐었다. 아이는 김밥과 라면, 물 같은 익숙한 음식을 골라 계산대로 향했다. 계산대에 물건을 내려놓고 가방에서 5만 원권 지폐를 꺼내 자신 없는 표정으로 쓱 내밀었다. 이거 한 장이면 충분할까, 아니면 모자랄까. 아이의 작은 심장이 콩콩 뛰었다. 편의점 직원이 돈을 받아 들고 봉투에 물건을 담은 다음 거스름돈과 함께 아이에게 건네주었다.

편의점 문을 열고 밖으로 나왔을 때, 아이는 아무도 모르게 긴 한숨을 내쉬었다.

세상이 어둑어둑해지자 아이는 낮에 유심히 봐둔 곳으로 향했다. 다세대주택 계단을 올라 옥상 구석에 자리 잡았다. 아이는 도우너를 품에 안고 잠이 들었다.

해가 뜨자마자 아이는 옥상에서 내려와 건물 밖으로 나왔다. 잠이 덜 깬 도우너를 등에 업었다가 내려놓기를 반복하며 골목을 걸었다. 어디로 가야 할지 알 수 없었지만 아이는 마음이 놓이는 곳을 발견할 때까지 계속 움직일 생각이었다.

아이가 걸음을 멈췄다.

이제 막 들어선 비좁은 골목 끝에 황갈색 털을 가진 커다란 개가 있었다. 쓰레기봉투를 뒤지던 개는 인기척을 느끼고 경계하는 자세를 취했다.

"어어."

뒷마당의 개들이 생각났는지 도우너가 개에게 다가가려 했다. 컹컹, 개가 짖었다. 아이가 도우너의 손을 꼭 잡았다. 개는 날카로운 이빨을 드러내고 낮게 으르렁거렸다. 아이는 개의 매서운 눈빛과 날카로운 이빨을 봤다. 뒷마당의 개들과 달라 보여 조금 긴장했다. 아이는 개를 천천히 살펴봤다. 보통 사람들이라면 잇몸 사이로 드러난 커다란 송곳니만 봤겠지만, 아이는 다리 사이에 감춘 꼬리와 겁에 질려 방울방울 흘리고 있는 오줌을 봤다. 갈비뼈 부근에는 누군가 불로 그슬린 흔적이 있었다. 겉으로 이를 드러낸 채 짖고 있었지만, 이 개 역시 '지하실의 개들'이나 뒷마당의 개들과 다름없었다. '지하실의 개들'도 뒷마당의 개들도, 그리고 길에서 만난 이 개도, 모두 '두려움'이라는 단어는 몰랐지만, 두려움과 고통을 느낄 수 있는 존재들이었다.

"너, 무서워서 그러는구나."

아이는 가방 안에서 먹을 것을 꺼내 개에게 던져주었다. 개는 뒤로 주춤 물러나긴 했지만 도망가지는 않았다.

"어어."

도우너가 개에게 음식을 먹으라는 듯 손짓했다. 개는 아이의 눈을 바라보며 코를 킁킁거렸다.

"괜찮아. 겁먹지 마."

아이가 천천히 고개를 끄덕였다. 개가 조심스럽게 한 발씩 내디디며 먹을 것 쪽으로 다가왔다. 먹을 것을 냉큼

물고 뒷걸음질 쳐 허겁지겁 입안에 든 것을 삼켰다. 아이가 다시 먹을 것을 던졌다. 개가 조금 더 가까이 다가왔다. 이번에는 뒷걸음질 치지 않고 아이와 가까운 곳에 서서 주린 배를 채웠다. 아이가 천천히 손을 뻗어 개의 목덜미를 어루만졌다.

*

아이는 며칠째 같은 건물 옥상에서 잠을 잤다. 밤에는 제법 쌀쌀했지만 개와 몸을 맞대고 도우너를 품에 안으면 견딜 만했다.

아이가 선택한 다세대주택은 아직 입주가 시작되지 않아 사람이 드나들지 않았다. 하지만 아이가 며칠째 이곳에 머무는 또 다른 이유가 있었다. 맞은편에서 '지하실의 개'를 발견했기 때문이었다. 남자가 아이들을 사육하던 지하실과는 조금 달랐지만, 맞은편 건물 좁은 공간에 작은 여자아이가 갇혀 있었다.

마침내 아이는 결심했다.
아이가 맞은편 건물 유리창을 향해 돌멩이를 던졌다.

작은 여자아이가 창가에 나타났다. 그리고 아이에게 손을 흔들었다.

아이도 여자아이에게 손을 흔들었다.

*

도우너와 개를 옥상에 두고 아이는 혼자 건물을 빠져나왔다.

아이는 맞은편 건물 가스 배관을 타고 올라갔다. 집 앞마당에 있던 커다란 나무보다 더 높은 곳까지 올라가 창문을 두드렸다. 여자아이가 창문을 열었다.

아이는 여자아이가 지내는 좁은 공간을 찬찬히 살펴봤다. 차가운 바닥과 호스가 달린 수도꼭지. 아이는 '지하실의 개'임이 분명했다.

"언니는 이름이 뭐야? 나는 유나야. 이유나."

여자아이가 아이를 보고 반갑게 인사했다.

"나는…… 아이야."

유나가 환하게 웃으며 아이의 손을 잡았다.

"너는 여기에서 사는 거야?"

아이가 묻자 유나가 고개를 끄덕였다.

"밥은?"

유나가 고개를 저었다.

"원래 우리 언니랑 저기 방 안에서 살았는데, 아빠랑 이모랑 여기로 쫓아냈어."

"언니?"

"응, 우리 한나 언니."

"한나 언니는 어디에 있어?"

아이가 묻자 유나의 얼굴이 일그러지더니 울음이 터져 나왔다.

"한나 언니는……."

아이가 가방에서 약을 꺼냈다. 1번 약을 만지작거리다 아이는 2번 약을 선택했다. 고통스럽게 심장을 멎게 하는 약이었다. 아이는 두 번 다시 실수하지 않을 거라고 다짐했다. 약을 손에 꼭 쥐고 다용도실 한쪽에 놓인 소주 상자로 다가가 뚜껑을 열었다. 술을 적당히 따라 버리고 안에 약을 부은 다음 뚜껑을 단단히 잠갔다.

*

이제 아이는 도우너, 개, 그리고 유나와 함께였다.

*

햇살이 잘 드는 골목에 아이들이 둘러앉았다. 나른한 듯 도우너가 눈을 끔벅거리자 아이가 도우너의 배를 간질였다. 유나도 따라 했다. 아이들의 웃음소리가 골목 구석구석을 노란 은행잎처럼 굴러다녔다.

"우리 뭐 먹고 싶어 놀이 할까?"

유나가 말했다.

"어어!"

도우너가 깡충거렸다.

"그리고 그중에서 제일 맛있는 거 사 먹으러 가자."

유나가 말하자 아이가 웃으며 고개를 끄덕였다.

아이들은 모두 계절에 맞지 않는 옷을 입고 있었지만, 어른들은 그 곁을 그냥 스쳐 지나갔다. 오직 커다란 개만이 아이들을 보호하려는 듯 주변을 맴돌며 경계할 뿐이었다.

아이가 뒤를 돌아봤다.

유나가 도우너의 손을 꼭 잡고 뭐라고 중얼거리자 도우너가 웃음을 터뜨렸다. 옆에 서 있던 커다란 개가 아이와 눈이 마주치자 천천히 꼬리를 흔들었다.

주위를 살핀 뒤 아이는 편의점으로 들어갔다. 김밥과 과자, 빵, 초콜릿, 그리고 도우너와 유나가 좋아하는 바나나우유를 사서 계산대로 향했다. 아이가 돈을 내밀자 계산대에 서 있는 남자가 아이를 쳐다봤다. 다른 어른들이 그렇듯 그저 스쳐가는 눈빛이 아니었다. 그의 눈동자는 정확히 아이에게 머물고 있었다. 아이는 불안했다. 어쩌면 '지하실의 개들'을 사육하는 사람일지 몰랐다.

그때 편의점 안으로 다른 사람이 들어왔다. 아이가 밖으로 나가려 했지만 계산대 남자가 할 말이 있으니 기다리라고 했다. 아이는 몸이 굳어버리는 것 같았다. 겁이 났지만 절대 붙잡혀서는 안 된다고 생각했다. 남자가 한눈을 판 사이, 아이는 조용히 편의점 밖으로 나왔다.

"어어!"

도우너가 아이를 발견하고 뒤뚱거리며 달려왔다. 아이

는 재빨리 검지를 입술에 가져다 대며 도우너와 유나를 바라봤다. 아이가 도우너의 손을 잡았다. 도우너의 다른 손은 유나가 꽉 잡았다. 골목 안 깊숙이 숨어드는 아이들 뒤를 커다란 개가 호위하듯 따라갔다.

*

아이들이 골목 끝에 모여 놀고 있었다. 근처에 새로 지은 다세대주택이 많았고, 아직 입주가 시작되지 않아 인적이 드물었다. 정비가 덜 돼 곳곳에 나무판자와 못이 박힌 막대기, 날카로운 쇳조각 같은 것들이 널려 있었다. 아이들은 위험한 줄도 모르고 공사 자재를 가지고 놀았다.

"언니, 저기 어떤 언니가 있어."

유나가 아이에게 귓속말을 했다. 아이는 유나가 가리킨 곳을 봤다. 한 여자아이가 이쪽을 쳐다보고 있었다.

"우리랑 같이 놀자고 말해볼까?"

유나가 아이에게 물었다. 도우너가 알아듣고 힘차게 고개를 끄덕였다.

"언니 우리랑 같이 놀자."

유나가 도우너의 손을 잡고 함께 여자아이에게 달려갔

다.

"언니는 몇 살이야?"

"아홉 살."

"저기 있는 언니는 나이가 없어. 그리고 나는 몇 살인
지 까먹었어."

유나와 도우너가 여자아이의 손을 잡고 아이 쪽으로 돌
아왔다.

"나는 유나야. 얘는 도우너. 그리고 이 언니는 아이야.
언니 이름은 뭐야?"

"나는 요미야."

유나가 빙긋 웃더니 곧 심각한 표정을 했다.

"근데 둘 중 누가 언니지? 둘이 키가 비슷해서 잘 모르
겠어."

유나가 아이와 요미를 번갈아 보며 고개를 갸우뚱하더
니 갑자기 손뼉을 쳤다.

"아! 좋은 방법이 있어. 가위바위보 해서 이기는 사람
이 언니 하면 되겠다!"

"어어!"

도우너가 깡충거렸다. 커다란 개가 덩달아 신이 났는지
경중경중 뛰었다.

"자, 시작한다. 가위, 바위, 보!"

아이는 보자기를 냈다. 요미는 주먹을 냈다. 그렇게 아이는 무리를 이끄는 언니가 됐다.

*

편의점으로 출근하는 길, 오 군은 주위를 천천히 둘러봤다.

오 군의 제보로 경찰이 CCTV를 조사하는 과정에서 유나로 추정되는 아이가 찍힌 영상이 발견됐다. 아이는 또 다른 아이들과 함께였다.

그날 이후로 오 군은 출근길에 조금 일찍 집을 나서 골목 곳곳을 살피며 편의점으로 향했다. 퇴근길에도 버릇처럼 주변을 둘러봤다.

편의점 근처에 다다랐을 때, 전봇대에 붙은 전단지가 눈에 띄었다.

이유나 양을 찾습니다.

오 군은 전단지 앞에 서서 다시 한번 유나의 얼굴을 익혔다. 현재 사진은 CCTV 영상에서 캡처해 화질이 좋지 않았다. 오 군은 2년 전 사진과 현재 사진을 번갈아 본 다음 편의점으로 향했다.

*

커다란 개를 베개 삼아 아이들이 쪼르르 누워 있었다. 매일 기온이 떨어지고 있었다. 옥상은 밤하늘이 지붕이었다. 아이들은 이불 대신 찬 공기를 덮고 있었다. 아이들 중에 제일 작은 도우너가 몸을 떨었다.

"도우너야, 이거 입어."

요미가 외투를 벗어 도우너에게 입혔다. 양말을 벗어 도우너의 작은 발에 신겨주었다. 밤공기가 차가워질수록 아이들은 몸을 바짝 붙였다. 요미와 유나가 번갈아가며 옛날얘기를 들려주었고, 그러다 하나, 둘 스르르 잠이 들었다.

*

아이들은 주로 옥상에서 놀았다. 요미의 집은 이곳에서 멀지 않았다. 동네를 돌아다니다간 요미의 부모에게 발각될 위험이 있었다.

요미는 아이의 가방에서 돈을 발견했다. 5만 원권이 차곡차곡 쌓여 있었고, 주변에 만 원권, 천 원권, 그리고 동전들이 가득했다.

"언니 돈 엄청 많네?"

아이가 고개를 끄덕였다.

"전부 얼마야?"

아이가 대답하지 못했다. 잠시 생각에 잠겨 있던 요미가 입을 열었다.

"언니, 이 중에서 어떤 게 제일 큰돈인지 알아?"

아이가 고개를 저었다.

"다들 모여봐. 내가 돈 세는 법 알려줄게!"

요미가 신이 나서 말했다. 요미는 널찍한 판자 위에 5만 원권, 만 원권, 천 원권, 5백 원, 백 원까지 차례대로 늘어놓았다. 그리고 돈의 단위와 계산하는 법을 알려주었다. 아이들에게는 그마저 새로운 놀이에 속했다. 그날 아이들은 하루 종일 돈을 세며 놀았다.

*

엄마 집에 다녀온 뒤로 신 씨는 커튼도 젖히지 않은 어두컴컴한 방에서 시간을 보냈다.

신 씨는 모든 것을 기억해냈다. 신 씨의 첫 번째 기억보다 더 오래된 기억들을 되찾았다.

기억의 중심에 이름 하나가 있었다.

빨간색 책가방 한쪽에 또박또박한 글씨로 '신서연'이라고 적혀 있었다.

서연 언니.

신 씨는 오랜 세월 언니를 잊고 지냈다. 자신이 살기 위해, 살아남기 위해 기억의 가장 밑바닥에 언니를 가둬놓았다.

아빠와 이혼하고 혼자 아이 둘을 키우던 엄마는 웃는 날이 거의 없었다. 엄마는 늘 회사 일로 바빴다. 엄마가 없는 동안 신 씨는 언니와 둘이 밥을 먹고 놀았다. 엄마가 지저분한 걸 싫어했으므로 늘 깨끗하게 청소를 해두었다. 밤늦게 퇴근한 엄마는 이따금 아이들을 깨워 숙제 검사를 했다. 순서는 늘 언니부터였다. 엄마는 맞춤법이 틀린 글자를 발견하면 화를 참지 못하고 뺨을 때렸다. 신 씨는 언니보다 어렸으니 맞춤법을 더 많이 틀렸겠지만, 엄마는 폭발한 화를 참지 못하고 언니를 때리다 제풀에 지쳐 잠들었으므로 매 맞을 차례가 신 씨에게까지 돌아오지는 않았다.

엄마에게 맞은 날이면 언니는 이불에 오줌을 쌌다. 몰

래 이불을 빨다가 세탁실을 엉망으로 만든 날, 미처 정리를 다 끝내기도 전에 엄마가 집에 들어왔다. 커피포트에 물을 끓이던 엄마는 부스럭거리는 소리에 세탁실 문을 열었고, 비누 거품과 누렇게 얼룩진 이불을 발견하자 소리를 질렀다. 엄마는 손에 든 물건을 휘둘러 언니를 때렸다. 그것이 펄펄 끓는 물이 든 커피포트였다는 걸 알고 그랬을까, 모르고 그랬을까. 모르고 그랬다고 해도 달라질 건 없었다. 심각한 화상을 입은 언니는 학교에 가지 못했다. 엄마는 언니를 병원에 데려가지 않았다.

어느 날, 엄마는 신 씨에게 언니 방에 들어가면 안 된다고 말했다. 며칠 뒤, 신 씨는 엄마와 소풍을 떠났다. 돌아오는 길에 경찰서에 들렀다. 신 씨는 엄마가 시킨 대로 말했다.

"엄마랑 언니랑 소풍 갔는데요, 언니가 없어졌어요."

언니는 실종 처리 됐다. 그 뒤에 신 씨는 이사를 갔다. 이사 가던 날, 엄마는 쓰지 않는 물건들을 내다 버렸다. 거기, 언니 이름이 적힌 빨간 책가방도 있었다. 그걸 본 순간 신 씨는 하마터면 울음을 터뜨릴 뻔했는데, 스스로도 그 이유를 알지 못했다. 엄마는 북한강 인근에 갤러리 카페를 내고 다시 바쁘게 일했다. 카페가 잘되면서 엄마도 조금씩 안정을 찾았다.

엄마와 소풍 간 그날, 신 씨는 엄마 말을 어기고 돗자리에서 일어나 신발을 꿰신었다. 소리가 나는 쪽으로 살금살금 다가갔을 때, 신 씨는 언니를 봤다. 구덩이에 엎드린 채 꿈쩍도 하지 않던 사람. 뒷모습이었지만 신 씨는 그것이 언니임을 알 수 있었다. 그 순간 신 씨는 정신을 잃었다. 깨어났을 때, 신 씨는 언니에게 무슨 일이 있었는지 기억하지 못했다. 매일 기억 속에서 언니가 희미해졌다. 이사 가고 얼마 뒤에 신 씨는 언니를 망각 속에 완전히 묻어버렸다.

신 씨가 자리에서 일어났다. 커튼을 활짝 젖히고 창문을 열었다. 초겨울 공기를 깊이 들이마시자 머리가 맑아지는 걸 느꼈다.

신 씨는 늘 아기를 침대 아래로 떨어뜨릴까 봐, 배변을 가리지 못한다는 이유로 손찌검을 할까 봐 걱정했다. 화가 나 아이에게 뜨거운 물을 부어버리지는 않을까 걱정했다. 그것은 막연한 공포가 아닌 모두 신 씨의 언니가 당한 일들, 신생아 시절부터 신 씨가 목격해온 일들이었다. 불안의 원인을 알게 된 신 씨는 엄마가 되는 것을 더 이상 두려워하지 않았다.

남쪽으로 난 창문 가득 햇빛이 들어와 거실까지 노란 융단이 깔렸다. 신 씨는 눈을 감고 햇빛을 쬐었다. 공기는 차가웠지만 햇살은 따스했다. 절대로 엄마처럼 되지 않을 거라는 확신이 들었을 때, 신 씨가 눈을 떴다.

*

아이가 혼자 편의점으로 향했다. 함께하는 인원이 늘어 편의점에 가는 횟수도 늘었다. 부모에게 발각될 것을 두려워하는 요미 때문에 요즘에는 주로 아이 혼자 볼일을 보러 다녔다. 혼자 다닐 때 더 빨리 걸을 수 있었고, 도망가거나 숨기에 더 유리했다.

골목을 빠져나와 큰길에 들어섰을 때, 익숙한 얼굴을 발견하고 아이가 걸음을 멈췄다.

이유나 양을 찾습니다.

아이는 전단지에 적힌 글자를 소리 내 읽었다. 모르는 글자도 있었지만, 어떤 의미인지 충분히 알 수 있었다. 유나를 다시 '지하실'로 보낼 수는 없었다. 아이의 심장이 빠르게 뛰기 시작했다.

"어떡하지?"

유나가 말했다.

입술을 꾹 깨물고 있던 요미가 입을 열었다.

"내가 아는 곳이 있어!"

아이들은 더 먼 곳으로 이동했다.

아이들의 기준에서는 아주 먼 거리였지만, 여전히 동네를 벗어나지 못한 상태였다.

새로운 곳에서도 아이는 주위를 살피며 혼자 편의점에 다녔다. 김밥과 샌드위치, 빵과 과자, 물과 음료수를 사고 금액에 맞춰 돈을 냈다.

먹을 것을 들고 아이들이 있는 곳으로 향하던 아이가 걸음을 멈췄다.

아이는 반지하 창문 앞으로 가 쭈그리고 앉았다. 창문

너머로 방 안이 보였다. 거기, 작은 아기가 서 있었다. 아기는 퀭한 눈으로 아이를 올려다봤다.

아이는 몸을 납작 엎드리고 안쪽을 들여다봤다. 아기가 조심스럽게 창가로 다가왔다. 창문이 닫혀 있는데도 아이는 익숙한 냄새를 맡은 기분이었다. 서늘하고 축축한 냄새. 아이는 아기가 '지하실의 개'임을 금방 알 수 있었다.

*

아이가 돌아오자 커다란 개가 먼저 달려오며 반겼다. 아이들이 나이 순서대로 뒤따라왔다.

"어어!"

도우너가 아이 등에 업힌 아기를 보며 소리 질렀다. 아이가 아기를 내려놓자 요미가 달려와 아기의 손을 잡았다. 유나가 아기의 볼을 어루만졌다. 도우너가 외투를 벗어 아기 몸을 덮어주었다. 신고 있던 양말을 벗어 아기의 작은 발에 끼워 넣으려 했다. 아이가 도우너를 도와 아기에게 양말을 신겼다. 양말을 신기는 아이 손등에 날카로운 것에 베인 상처가 있었다.

[또, 아이가 사라졌습니다. 지난 XX일, 경기도 XX시 XX동 다세대 주택에서 발생한 아동 냉동실 살해 사건. 경찰이 사망한 아동의 동생 이 유나 양을 찾고 있는 가운데, 같은 동네에서 또 다른 아이가 사라졌는데요. 이번에는 멀지 않은 곳에서 16개월 된 아기가 사라졌습니다. 아이 엄마가 아이를 방임한 정황까지 드러나 경찰이 수사에 나섰습니다. 하승빈 기자가 보도합니다.]

[다세대주택 욕실 창문이 깨진 채로 열려 있습니다. 어른이 드나들 기 쉽지 않아 보이지만, 이곳을 통과해 누군가 집 안에 들어가 아이를 데려갔습니다. 아이만 남겨 두고 엄마가 며칠 집을 비운 사이에 일어난 일입니다. 경찰은……]

신 씨가 TV를 껐다. 어쩐지 한기가 느껴져 옷장에서 카 디건을 꺼내 어깨에 걸쳤다.

요즘 매일 뉴스에 나오는 사건은 신 씨가 살고 있는 동 네에서 벌어지고 있었다. 인터넷에서는 '#유나야돌아와' 해시태그가 종종 눈에 띄었다. 어떤 아이는 냉동실에서 발 견됐고, 어떤 아이는 사라졌으며, 어떤 아이는 방임된 채로 혼자 집에 있다 사라졌다. 겨우 16개월 된 아기라고 했다.

신 씨가 산책을 나섰다.

남편과 다니던 조용한 산책로가 아닌, 아파트 단지에서 조금 벗어난 주택가로 걸어갔다. 최근 동네에서 화제가 된 뉴스를 신 씨는 지금껏 애써 외면해왔다. 죽은 아이, 사라진 아이들에 관한 뉴스였다.

요즘 신 씨는 서연 언니 생각을 많이 했다. 신 씨가 가본 곳, 하지만 기억하지 못하는 곳에 언니가 묻혀 있다. 신 씨는 언니를 찾아야겠다고 생각했다. 엄마가 마음에 걸리는 것도 사실이었다. 그럼에도 신 씨는 언니를 찾기로 했다. 다만 경찰에 신고하기까지 어느 정도 시간이 필요했다.

이제 신 씨는 외면해왔던 뉴스를 일부러 검색해봤다. 언니를 찾기 전에 먼저 아이들을 찾아보자는 생각이 들었다. 아이들이 여전히 동네에 있을 거라는 확신은 없었지만, 아니, 아이들을 데려간 사람들이 아이들과 함께 이미 다른 곳으로 떠났겠지만, 신 씨는 혹시나 하는 마음을 버릴 수가 없었다. 그저 산책하는 장소를 옮겼을 뿐이라고 생각하면서 신 씨는 거리에서 마주치는 아이들을 살피며 천천히 걸었다.

지붕에서는 제법 먼 곳까지 보였다.

가까운 곳에는 비슷한 높이의 집들이 있었고, 많이 멀지 않은 곳에 다세대주택과 아파트 단지가 보였다.

아이들은 아직 잠을 자고 있었다. 언제나처럼 제일 먼저 일어난 아이는 찬물로 세수하고, 더러워진 옷가지를 맨손으로 빨았다. 옷가지를 마당에 널어두고 아이는 지붕에 올라 세상을 둘러봤다. 전에 이 집에 요미의 친구가 살았다고 했다. 이곳에 아파트 단지가 들어설 계획이라 친구는 멀리 이사를 갔다며 요미가 슬퍼했다. 아이는 인근에서 가장 높은 아파트 단지를 바라봤다. TV에서도 여러 번 봤지만, 저렇게 높은 곳에서 어떻게 사람이 산다는 건지 이해가 되지 않았다.

버려진 집과 골목을 바라보다 아이가 뭔가를 발견하고 벌떡 일어났다.

아이는 지붕에서 내려와 문을 열고 밖으로 나갔다. 커다란 개가 따라오려고 하자 아이가 손짓했다. 개는 되돌아가 아이들 곁을 지켰다.

골목과 골목을 지나 대로변으로 걸어갔다. 사람들이 살

지 않는 구역 초입을 맴돌며 초록색 대문을 찾아다녔다. 그러다 어느 순간, 길 건너편에서 누군가 아이를 지켜보고 있다는 걸 깨달았다. 또래가 아닌 어른이었다. 아이는 겁이 났다. 하지만 침착하게 가던 방향으로 계속 걸었다. 건너편에서 어른이 아이를 따라왔다. 기회를 엿보던 아이가 골목 안으로 숨어들었다.

아이는 한동안 골목 안에 숨어 있었다. 이제 아이를 쫓던 어른은 사라지고 없었다. 아이는 다시 초록색 대문을 찾아 골목을 돌았다. 위험을 감수하고서라도 꼭 찾아야 했다.

한참 동안 돌아다니다 아이는 페인트칠이 벗겨진 초록색 대문을 발견했다. 대문 옆에는 누군가 그려놓은 그라피티 아트가 있었다. 아까 지붕에서 본 그림이었다. 이 집이 맞았다.

대문은 열려 있었다. 아이는 주변을 살피고 안으로 들어갔다. 마당에는 망가진 가구들이 흉물스럽게 놓여 있었다. 아이는 조금 겁이 났다. 커다란 개와 함께 오지 않은 것을 후회했다. 낡고 빛바랜 살림살이 사이로 찾고 있던 물건이 보였다. 아이가 용기를 내 천천히 걸음을 옮겼다.

아이가 하얗고 동그란 공 앞에서 걸음을 멈췄다. 언젠

가 꼭 도우녀에게 주고 싶었던 물건이었다. 아이는 조심스럽게 손을 펼쳐 공을 잡았다. 바람이 빠져 공은 생각보다 말랑거렸다. 그 느낌이 좋았다. 아이는 공을 바닥에 떨어뜨렸다. TV에서 본 것처럼 높이 튀어 오르지는 않았지만, 데굴데굴 멀리 굴러갔다. 아이가 굴러가는 공을 잡았다. 도우녀가 잠에서 깨어나면 기뻐서 깡충깡충 뛰어다닐 것이다.

*

신 씨가 편의점 안으로 들어갔다. 진열대에서 생수를 고르고 계산대로 가져갔다.

"매일 이쪽으로 산책 다니시나 봐요."

오 군이 말했다. 신 씨는 조금 놀란 표정으로 대답이 아닌 애매한 소리를 냈다.

"실은 저번에 전단지 떼어 가시는 거 봤어요."

오 군이 서둘러 말했다.

"이유나 양 찾는 전단지요."

신 씨가 천천히 고개를 끄덕였다. 오 군이 머뭇거리다 입을 열었다.

"유나랑 같이 있던 아이 중 한 명이요, 여기 들렀어

요. 제가 놓쳤고요."

오 군의 표정이 어두워져 신 씨는 무슨 말이든 하고 싶었지만 결국 할 말을 찾지 못했다.

"그 뒤로 출퇴근길에, 또 운동할 때, 이 근방을 돌아다니거든요. 저랑 비슷하신 거 같아서. 요즘 자주 보이시더라고요. 아이들 유심히 보시고."

신 씨가 다시 놀란 눈을 하자 오 군이 웃었다.

"보시다시피 이 시간에 편의점이 한가하거든요."

편의점을 쓱 돌아보고 신 씨가 따라 웃었다.

"사실."

신 씨가 조심스럽게 말을 꺼냈다.

"그저께 유나를 본 거 같아서요. CCTV에 찍힌 것처럼 머리가 아주 길었어요."

오 군의 표정이 굳었다.

"인터넷에서 아이 사진 검색해보는 사이에 어디론가 사라졌어요. 사진을 찾아보니까 유나가 아닌 것도 같고. 얼굴은 좀 달랐는데, 머리가 긴 건 똑같았거든요. 경찰에 신고해야 하나 고민하다가 확신할 수 없어서……."

"어느 쪽이었나요?"

"저 위쪽에 아파트 들어설 자리 있잖아요. 빈집 많은

곳이요. 그 근처였어요.”

“아!”

오 군이 탄식했다.

“처음에 사건 터지고 경찰이 바로 그쪽부터 뒤졌다던데.”

“경찰이 뭔가 놓친 걸까요?”

“경찰 눈 피해서 계속 이동하는 건지도 모르죠. 이미 수색이 끝난 곳이니 오히려 숨어 있기에 더 안전할 수도 있겠네요. 아이를 본 게 그저께라고 하셨죠?”

“네.”

“멀리 가지 않고 계속 동네에 있다는 건데…… 물론, 이틀 사이에 떠났을 수도 있지만요.”

“그렇죠.”

“저 혹시.”

오 군이 휴대전화를 꺼냈다.

“또 아이들 발견하시면 저한테 연락해주시겠어요? 혼자보다 둘이 찾는 게 더 나을 거 같고…… 제가 달리기는 자신 있거든요.”

오 군이 웃었다. 신 씨도 웃었다. 어쩐지 안심이 됐다. 긴 머리 아이를 본 후로 빈집이 있는 골목 안을 살펴보고 싫었지만 혼자서는 무서웠다. 무엇보다 사라진 아이들에게 마음을 쓰고 있는 사람이 또 있다는 사실에 반가운 마음이 들었다.

"네, 그렇게 할게요."

신 씨가 대답하자 오 군이 휴대전화를 내밀었다. 신 씨가 번호를 입력한 뒤 오 군에게 전화기를 돌려줬다. 오 군이 화면을 터치하자 신 씨의 전화가 울렸다.

"그건 제 번호예요."

오 군이 웃었다.

"아."

오 군이 잊을 뻔했다며 말을 이었다.

"번호 저장하게 이름 알려주세요."

신 씨가 웃었다.

"저는 신수연이에요."

"저는."

오 군이 왼쪽 가슴에 달고 있는 명찰을 가리키며 활짝 웃었다. 명찰에 '오영준'이라고 새겨져 있었다.

아기가 기침을 했다. 아이들이 심각한 얼굴로 서로를 바라봤다.

아이가 데려온 아기는 한 번도 웃지 않았다. 도우너가 공을 들고 뒤뚱뒤뚱 춤을 춰도, 유나가 우스꽝스러운 표정을 지어도, 요미가 까꿍 놀이를 해도 통 웃지 않았다. 웃지는 않았지만, 아기는 아이나 요미, 유나와 도우너 중 누군가의 뒤를 따라다니며 품에 안기려 했다. 아이들은 돌아가며 아기를 안아주고 밥을 먹였다. 다행히 아기는 아이들이 주는 음식을 잘 받아먹었다.

그러던 아기가 어젯밤부터 기침을 시작한 것이다. 열이나고 제법 아플 텐데 아기는 울지 않았다. 아이들은 웃지도, 울지도 않는 아기가 더 걱정됐다.

아이가 자리에서 일어났다. 정오가 훌쩍 지났지만, 아이들은 아직 자고 있었다. 잠든 아기가 기침을 하며 몸을 뒤척이자 요미가 잠결에 아기를 토닥거렸다.

커다란 개가 아이를 따라 마당으로 나왔다. 아이가 손짓하자 개가 한동안 아이를 바라보다 집 안으로 들어갔다. 고장 난 문은 닫히지 않았고, 깨진 유리창으로는 찬 바람이 그대로 들어왔다. 아기뿐 아니라 도우너와 유나도 기침을 시작했다.

티셔츠를 여러 겹 껴입고도 아이는 몸을 떨었다. 차가운 공기 사이로 으스스한 기운이 떠다녔다. 아이는 하늘을 올려다봤다. 흐린 하늘이 무겁게 내려와 있었다. 대문 밖으로 나온 아이가 골목 안으로 빠르게 사라졌다.

*

신수연은 따뜻한 우유를 마셨다. 창문 너머로 하늘이 흐렸다. 금방이라도 눈이 쏟아질 것 같았다. 임신부가 산책을 나서기에 적당하지 않은 날이었다.

태동이 느껴졌다.

신수연은 머그잔으로 따뜻하게 데워진 손을 배에 가져다 댔다. 그대로 잠시 있다가 보온이 잘되는 외투를 걸치고, 발이 편한 부츠를 꺼내 신은 다음 현관문을 열었다.

"후, 후."

오영준은 짧은 숨을 뱉으며 달렸다. 골목을 달리는 건 잘 다져진 트랙 위를 달리는 것보다 몇 배는 더 힘들었다. 어차피 경찰이 된 뒤에는 이런 골목을 달릴 일이 더 많을 거라고 생각하며 오영준은 인적이 드문 골목 구석구석을 달렸다.

*

아이는 빠른 걸음으로 걸었다.

사실 아이는 겁이 났다. 아이는 '지하실의 개들'이 시름시름 앓는 걸 여러 번 봤다.

아이는 고개를 세차게 저었다.

멀리, 아이가 찾던 것이 보였다. 빨간 십자 표시를 보자 눈물이 터질 것 같았다. 아이는 울음을 꿀꺽 삼키고 달리기 시작했다.

오영준이 편의점에 들어섰다. 외투를 벗고, 편의점 조끼를 걸친 다음 파트너와 교대했다.

오영준은 가방에서 헌법 총론 교재를 꺼냈다. 책장을 펼쳐도 도무지 내용이 눈에 들어오지 않아 오영준은 유리벽 너머로 거리를 오가는 사람들을 바라봤다.

*

신수연은 메뉴판을 올려다봤다.

"레몬티 한 잔이요."

진한 커피가 간절했지만, 배 속 아기를 위해 따뜻한 차를 주문했다. 오늘같이 흐리고 으스스한 날에 역시 산책은 무리였던가. 말이 산책이지 아이들을 찾아 골목을 돌아다니는 일은 생각보다 긴장됐고, 긴장 탓에 쉽게 피로해졌다. 뼈 마디마디마다 한기가 스며든 기분이었다. 신수연은 창가에 자리를 잡고 앉았다. 몸이 노곤하게 녹아내리는데도 카페 앞 사거리를 지나다니는 사람들에게서 눈을 떼지 못했다.

"레몬티 한 잔 나왔습니다."

신수연이 자리에서 벌떡 일어났다.

"손님, 여기 주문하신 레몬티…… 손님?"

신수연은 음료를 가지러 가는 대신 출입구로 향했다. 잠시 유리벽 너머를 응시하다 서둘러 문을 열고 밖으로 나갔다.

*

아이가 약을 품에 안고 달렸다. 기침을 하던 도우너의 얼굴이 떠올랐다. 유나와 아기의 얼굴도 떠올랐다. 아이는 추운 줄도 모르고 달렸다.

두 블록쯤 떨어진 곳에서 신수연이 아이를 쫓고 있었다. 지난번처럼 놓치지 않으려면 아이가 눈치채지 못하도록 어느 정도 거리를 두고 따라가야 했다. 작은 아이였지만 임신한 몸으로 쫓기란 쉽지 않았다. 신수연이 휴대전화를 꺼냈다.

"지금, 여기."

숨이 차올랐다.

"카페 매카이 있는 사거리거든요. 그때 그 아이요, 빈집 터 쪽으로 달려가고 있어요."

편의점 안으로 손님이 들어왔다. 하마터면 밖으로 나가려던 오영준과 부딪칠 뻔했다.

"죄송합니다. 잠시 영업 중단합니다. 죄송해요!"

당황한 손님들이 뒷걸음질 쳐 편의점 밖으로 나갔다.

오영준이 편의점 문을 잠갔다. 그리고, 달렸다.

아이가 골목 안으로 사라졌다.

빈집이 많은 곳이었다. 신수연이 걸음을 멈췄다. 만일 저 아이가 사람들이 찾고 있는 그 아이가 맞다면, 저 골목 어딘가에 위험한 사람들도 함께 있을 것이다.

하지만, 이성보다 본능이 먼저 움직였다. 아이를 지켜야 한다. 신수연이 골목 안으로 들어갔다.

아이는 보이지 않았다.

신수연이 걸음을 멈추고 귀를 기울이다 발소리가 들리는 쪽으로 달렸다. 겁이 났지만, 아이를 찾는 사람은 신수연 혼자가 아니었기에 용기를 낼 수 있었다.

오영준이 골목 입구에 도착했다. 어느 쪽으로 가야 할지 감이 오지 않았다. 오영준이 신수연에게 전화를 걸었다.

"어느 방향으로 가고 있어요?"

"나도, 모르겠어요, 그냥, 골목, 안인데."
신수연은 숨이 차서 말을 잇는 게 쉽지 않았다.

"아이는요?"

"근처에, 있어요, 발소리가, 들려요."

오영준이 주변을 빠르게 살펴봤다.
"그, 르네상스 아파트 있잖아요. 동네에서 제일 높은 아파트. 그게 어느 쪽에서 보여요? 시계라고 생각하고 말해보세요."

신수연이 걸음을 멈추고 사방을 돌아봤다. 르네상스 아파트. 신수연이 살고 있는 곳이었다.
"내, 뒤로, 5시, 방향. 정면으로, 12시 방향에, 호수공원, 시계탑도, 보여요."

오영준이 아파트와 시계탑을 번갈아 보며 방향을 가늠했다.

"알겠어요. 내가 찾아갈게요. 방향 바뀌면 전화해요!"

신수연은 더 이상 달리기 힘들다고 생각했다. 무리였다. 숨이 차오르고 아랫배가 당겼다. 금방이라도 눈물이 터질 것 같았다. 아이의 발소리가 점점 멀어지고 있었다. 겁이 났다. 다시 아이를 놓칠 수 없었다. 신수연이 숨을 크게 고르고 발을 내디뎠다. 그때 우측 골목에서 누군가 튀어나왔다.

"아악!"

신수연이 주저앉았다.

"괜찮아요?"

오영준이었다. 오영준이 신수연의 손을 잡았다. 신수연은 하마터면 울음을 터뜨릴 뻔했지만, 입술을 꽉 깨물고 고개를 끄덕였다.

"조금만 힘내요. 곧 경찰도 이쪽으로 올 거예요."

신수연이 몸을 일으켰다. 오영준의 손을 잡고 마지막 힘을 내 달렸다.

아이가 가쁜 숨을 내뱉으며 집 안에 들어섰다. 아이들

은 여전히 잠을 자고 있었다. 아이들이 개를 베개 삼아 자고 있었기에 개는 움직이지 않고 꼬리만 흔들었다. 아이가 조심스럽게 요미를 깨웠다. 요미가 졸린 눈으로 부스스 일어났다. 둘은 아이들에게 약을 먹일 준비를 했다.

"분명 이쪽 어딘데."

오영준이 다급한 목소리로 말했다. 근처에서 문이 삐거덕거리는 소리가 들렸고 그 뒤로 발소리가 사라졌다. 오영준과 신수연은 골목에 늘어선 집들을 차례로 살펴봤다.

"여기예요!"

신수연이 낮은 목소리로 오영준을 불렀다. 마당 안에 아이들의 옷이 널려 있었다.

오영준이 대문 가까이 귀를 대고 있다 안으로 들어갔다. 발소리가 나지 않게 한 발, 한 발 조심히 움직였다. 신수연이 그 뒤를 따랐다.

마당에는 아무도 없었다. 오랫동안 비어 있던 집은 유리창이 깨지고 문이 고장 나 반쯤 떨어져 있었다. 오영준이 마당에서 의자 다리를 하나 주워 손에 들었다. 신수연은 커다란 돌멩이를 양손에 단단히 쥐었다.

오영준이 몸을 낮추고 건물로 다가갔다. 벽에 등을 붙

이고 이동해 문가에 도착했다. 벌어진 문틈으로 실내가 보였다. 집 안에는 김밥과 과자 포장지, 빈 물통이 곳곳에 널려 있었다. 안은 조용했다. 오영준이 안으로 들어갔다. 신수연도 오영준 뒤에 바짝 붙어 안으로 들어갔다.

의자 다리를 야구 방망이처럼 단단하게 잡고 있던 오영준의 팔이 힘없이 떨어졌다. 참았던 숨이 한꺼번에 터졌다.

거실 구석에 아이들이 있었다.

커다란 개의 품에 안기다시피 옹기종기 모여 서로의 체온으로 추위를 견디고 있었다. 놀란 아이들이 눈을 동그랗게 뜬 채로 어른들을 바라봤다. 아이들과 눈이 마주친 순간 목구멍이 뜨거워져 신수연은 손에 쥐고 있던 돌멩이를 놓쳤다.

"컹! 컹!"

돌멩이가 떨어진 소리를 듣고 개가 짖었다. 개는 몸을 일으켜 세우고 날카로운 송곳니를 드러낸 채 오영준과 신수연을 경계했다. 누구든 한 발이라도 아이들 쪽으로 다가오면 달려들어 물어뜯을 기세였다. 커다란 개 뒤로 아이가 서 있었다. 손에는 아기에게 먹인 감기약병을 무기처럼 들고 있었다. 아이 뒤에는 요미와 유나가 주먹을 쥐고 서 있었다. 도우너는 벽에 등을 붙인 채 아기를 꼭 끌어안고 있었다. 아이들은 서로가 서로를 보호하고 있었다. 작은 존재가 더 작은 존재를 지키고 있었다. 아이들은 겁에 질린 동시에 분노가 가득한 눈빛으로 어른들을 쏘아봤다.

멀지 않은 곳에서 사이렌 소리가 들렸다. 동시에 오영준의 전화가 울렸다. 박 순경이었다.

"여기 있어요. 아이들, 여기 있어요."

오영준이 떨리는 목소리로 말했다.

참았던 눈물이 터져 신수연이 고개를 돌렸다. 깨진 유리창 너머로 첫눈이 내리고 있었다.

그리고

하얗고, 가볍고, 보드라운 것.

나 이게 뭔지 알아요.

지금, 눈이 내리고 있지요?

나는 눈을 좋아해요. 차가운데, 차가운 느낌이 아니거든요. 눈은, 참 포근해요. 그래서 좋아요. 눈이 내리는 날에는 추운 것도 모르고 뛰어놀았어요. 아…… 기억 저 먼 곳에서 웃음소리가 들렸는데…… 점점 희미해져요. 누구였을까요? 나와 함께 웃던 그 사람은.

이제 나는 추위를 느끼지 못해요. 하얀 눈이 내 손등 위에서 녹아내리는 모습을 볼 수도 없어요. 그래도 괜찮아요. 눈이 내리고 있다는 건 알 수 있거든요.

그래요, 알 수 있어요.

보는 것이 아니라, 듣는 것이 아니라 알 수 있어요. 느낄 수 있어요.

나는 눈이 없어도 모든 것을 볼 수 있고, 귀가 없어도 모든 것을 들을 수 있어요.

내 몸은 오랫동안 땅속에 파묻혀 있었어요. 흙에 덮여, 아주 깊은 곳에.

내 몸 위로 작은 곤충들이 기어 다니고, 나무가 뿌리를 내렸어요. 내 몸은 아직 저 아래 있어요. 나 혼자서는 나올 수 없었거든요. 몸은 땅속에 있는데, 나는 이미 오래전에 그곳에서 벗어났어요. 그러니까 나는…… 지금 내리고 있는 눈송이를 닮았어요. 하얗고, 가볍고, 보드라운 것. 그게 나예요.

나는 내가 가보지 못한 모든 곳에 갈 수 있어요. 언제든 높이 떠올라 자유롭게 날 수 있지요. 하지만, 동시에 늘 어딘가에 묶여 있는 느낌이에요. 어디든 갈 수 있지만, 동시에 무거운 흙더미에 짓눌려 꼼짝도 하지 못하는 느낌이에요.

나는 새들을 따라 높이 솟아오르기도 하고, 바람을 따

그리고

라 멀리 날아가기도 해요. 하지만 결국엔 다시 이곳으로 돌아왔어요. 내 몸에 뿌리를 내린 나무에 앉아 있다가 밤이 되면 흙에 뒤덮인 몸 위로 눈송이처럼 내려앉곤 해요. 내 곁에는 언제나 나뿐이에요. 나는 아주 오랫동안 혼자였어요.

나는 얼마나 오랫동안 이곳에 있었던 걸까요.

나는 왜 여기에 있게 된 걸까요.

이곳에 오기 전의 일들은 대부분 잊어버렸어요. 그것은 기억나지 않는 꿈처럼 멀리 있지요. 그렇지만 그 느낌만은 남아 있어요. 오래전의 일들이 그림자처럼 아른거릴 때면…… 나는 왠지 슬퍼져요. 눈물을 흘리거나 소리 내어 울지는 못하지만, 하얀빛이 점점 꺼져 가고 돌덩이처럼 무거워져요.

그럴 때면 어디선가 작은 빛들이 하나, 둘 모여들어요. 눈송이처럼 하얗고, 가볍고, 보드라운 빛들이 나를 감싸요. 우리는 그렇게 가만히 서로의 곁에 머물러요. 다시 빛이 채워질 때까지. 그리고, 우리는 각자의 몸이 있는 곳으로 멀리 흩어져요.

땅속에 있는 몸을 버리고 멀리 날아갈 수도 있을 텐데, 나는 왜 이곳에 있을까요.

왜 그럴까. 왜 그럴까. 나는 아주 오랫동안 생각했어요.

그리고, 마침내 알았어요.

이곳에서 나는 누군가를 기다리고 있는 거예요.

누구인지, 왜 기다리는지 아무것도 알 수 없지만, 기다리고 있다는 것만은 분명히 알 수 있어요. 내가 이곳에 온 뒤로, 내 몸이 저 아래 묻힌 뒤로, 나는 아주 오랫동안 누군가를 기다리고 있어요. 내가 기다리는 사람이 나를 찾아온다면, 내 슬픔이 사라질까요?

어쩌면 나는 그 누구가 아닌, 그 누구라도 와주기만을 기다리고 있는지도 모르겠어요.

나는 내 이름을 잊었어요.

나는 나를 잊었어요.

하지만, 누군가 나를 기억하고 있을지도 몰라요.

누군가 나를 찾고 있을지도 몰라요.

어쩌면…… 누구든, 아주 우연히, 나를 찾게 될지도 몰라요.

나는 매일 기다리고 있어요.

부드럽게 불어오는 바람을 타고,

강물 위로 떨어지는 햇살에 내려앉아서,

여름날, 우거진 수풀 사이에서,

겨울날, 얼어붙은 땅 위로 떨어지는 눈송이들 곁에서,

아무도 모르고, 아무도 찾지 않는 곳에서,

오늘도 나는 기다리고 있어요.

나, 여기 있어요.

나는 겁이 많은 사람입니다.

여전히 주삿바늘이 끔찍이도 싫고, 어디선가 큰 소리가 들려오면 어깨가 움츠러들고, 냉장고 채소 칸을 열었을 때 예상치 못했던 생선이 눈을 부릅뜨고 있으면 한동안 가슴을 쓸어내려야 할 만큼 약한 심장을 가지고 태어났습니다.

그래서일까요. 늘 나보다 작고 연약한 생명들에게 마음이 쓰입니다. 어른인 나도 이렇게 무서운데, 이렇게 아픈데, 저 작은 것들은 얼마나 더 무섭고, 얼마나 더 아플까, 하고요.

*

아이들이나 동물들이 버림받거나 학대당한 이야기를 접할 때마다 분노하고, 깊이 앓고, 끝내 무기력해집니다. 그들을 위해 내가 할 수 있는 일이 너무 작고 작아서 한없이 가라앉지만, 그럴 때마다 '작은 것 하나라도 해나가자'는 생각으로 버팁니다. 내가 할 수 있는 것, 내가 해야 하는 것 중 하나가 '쓰는 일'이라고 믿고 있습니다.

*

언젠가 '아동 학대'를 소재로 글을 쓰게 될 거라고 생각해왔지만, 구체적으로 결심하게 만든 것은 '평택 아동 살해 암매장 사건'이었습니다. 오랜 시간 동안 부모에게 학대당한 아이는 2015년 11월, 욕실에 감금된 채로 겨울을 지냈고 이듬해 2월 사망했습니다.

기사에 실린 아이의 사진을 보면서 수없이 아이의 이름을 불렀습니다. 다른 말은 나오지 않았습니다. 아이는 차가운 욕실에서 무엇을 바라보고 무슨 생각을 하며 버텼을까요.

결심했지만, 쉽게 쓸 수 없었습니다. 아이가 당한 일을 떠올리면 고통스러웠고, 그래서 쓰는 일이 두려웠습니다. 쓰는 것을 미뤄오는 동안에도 수많은 아이들이 죽어갔습니다. 그때마다 죽은 아이들의 이름을 불렀습니다.

아가, 아가.

아이야.

아이야.

*

어떤 아이들은 매일 학교에 가는 대신 여행객들에게 물건을 팔러 다니지요. 어린아이들이니 게으름을 피울 법도 한데, 그들의 눈빛은 그 일이 '생업'이라는 것을 보여줍니다.

어떤 아이들은 총성과 폭격이 일상인 곳에서 자라납니다.

어떤 아이들은 그 작은 몸으로 힘겹게 병마와 싸웁니다.

그럼에도, 보호자의 사랑이 있다면 아이들은 가난 속에서도 전쟁통에도 웃을 수 있지 않을까요. 때문에 나는 학대가 가장 무섭고 아픕니다. 왜 어떤 아이들은 그 짧은 생 동안 고통만 알다 가야 했을까요.

*

　가슴에 오래 담아두고 더디게 쓴 소설이 책으로 나오기까지 도움 주신 분들이 많습니다. 바쁜 와중에도 흔쾌히 시간을 내어주신 V 기자님, R 기자님, 그리고 든든한 대한민국 경찰 서울경찰청 김장수 팀장님, 김창곤 경위님께 진심으로 감사의 인사를 전합니다. 따뜻한 편집자 김준섭 팀장님과의 오랜 인연에도 늘 고마운 마음입니다.

*

　누군가는 이 소설이 무섭고 끔찍하다고 말할 것입니다. 그러나 소설 속 '지하실'이 부모에게 학대당한 아이들의 '집'보다 더 끔찍하다고 말할 수는 없겠지요. 아이들이 겪은 세상은 소설보다 영화보다 지독했고, 그 지옥이 아이들에게는 현실이었으니까요.

　아이 하나가 죽을 때마다 법이 바뀌었고 세상은 아주 조금씩 나아졌습니다. 그럼에도 여전히 많은 아이들이 고통받고 있습니다. 보호해줘야 할 사람이 가해자가 되고, 안전해야 할 공간이 무덤이 됩니다. 피해 아동에게는 '진짜

보호자'가 없기에 아이들을 위해 목소리를 내줄 어른이 없습니다. 슬픈 일입니다.

*

가장 여린 생명들이 보호받는 세상을 꿈꿉니다. 끊이지 않는 아픈 뉴스들에 가슴이 자주 무너져 내리지만, 그럼에도 각자의 자리에서 작은 마음을 보태는 이들이 있어 다시 단단한 걸음을 내딛습니다. 한 사람, 한 사람이 자기 주변을 둘러본다면 세상이 좀 더 나아지지 않을까요? 여전히 구조를 기다리는 아이들이 많습니다. 아이들의 기다림이 길지 않기를, 우리 어른들이 소설 속 '김 모 씨'나 '최 모 씨'가 아닌 '신수연'과 '오영준'이기를 바랍니다.

2021년 첫눈 내릴 무렵,
조수경